Unter schwarzen Federn

von

Sa

W0276840

frei nach einem Märchen
von Hans Christian Andersen

Für alle Entlein, die den Schwan in sich noch nicht erkennen können.

1. Kapitel – Fee

Gleich ist es vorbei! Endlich!

Ich war ganz ruhig. Der Wind zerzauste meine Haare und blies mir schwarze Strähnen ins Gesicht. Mit dem Brückengeländer lag das letzte Hindernis meines Lebens vor mir und wartete darauf, bezwungen zu werden.

Meine Beine schwangen sich wie von selbst darüber. Erst das rechte, dann das linke. Wie oft hatte ich in den letzten Wochen genau dies geübt. Es hatte immer etwas gegeben, das mich abgehalten hatte. Dinge, die noch nicht erledigt waren. Doch heute war alles anders. Auf meinem Schreibtisch lag ein Brief an meine Eltern. Sie waren wieder einmal beruflich unterwegs und würden ihn nicht vor dem Anruf der Polizei finden. Daneben lag ein Zettel, auf dem ich die wichtigsten Dinge für meine Beerdigung festgehalten hatte: Kleidung, Musik,

Gästeliste und der Platz, den ich für mein Grab ausgesucht hatte. Meine Eltern würden mir auch diese letzten Wünsche erfüllen, sowie sie mir stets jeden Wunsch erfüllt hatten, als Ersatz für ihre ständige Abwesenheit. Sie würden mich nicht vermissen. Im Gegenteil. Ich war für sie nur eine Last, die ihnen auf ihrem Sprung die Karriereleiter hinauf im Weg stand. Zumindest dieses Problem wären sie dann los.

Meine Füße balancierten auf dem schmalen Sims zwischen Geländer und Abgrund. Vorsichtig tastete ich nach dem dicken Tau, das ich zuvor bereits mit einem Ende an die Eisenstreben geknotet hatte. Ein ordentlicher Henkersknoten war auf die andere Seite des Seils gebunden, welches nun über dem Handlauf lag und auf mich wartete. Monate hatte ich in der Bibliothek nach Anleitungen gesucht und geübt, die Schlinge zu knüpfen. Sicherlich hätte es online viele Videos gegeben, mit denen es schneller gegangen wäre, doch ich wollte nicht, dass mich mein Browserverlauf verriet.

Nicht auszudenken, welchen Aufstand meine Eltern gemacht hätten, wenn sie es herausgefunden hätten. Sie waren ohnehin der Meinung, dass ich ihnen nur Schande machte. Mein Aussehen wäre eine Zumutung, meine Figur sähe aus, als ob sie mich verhungern ließen, und meine Leidenschaft für Literatur und kreatives Schreiben sei brotlose Kunst und unseres Standes nicht würdig. Sie waren so damit beschäftigt gewesen mich zu kritisieren, dass ihnen gar nicht aufgefallen war, wie schlecht es mir ging.

Ich verlagerte mein Gewicht so, dass ich den Rücken an das Geländer pressen konnte. Um die Schlinge anzulegen, würde ich beide Hände benötigen, und ich wollte einen vorzeitigen Absturz vermeiden. - Lange hatte ich überlegt, ob es nicht ausreichend sei, einfach so in den Fluss zu springen. Doch ich entschied mich dagegen. Auch wenn ich Mathe und Physik hasste wie die Pest, so war ich doch ziemlich schnell dahinter gekommen, dass es zu unsicher war. Die Brücke mochte zwar unendlich hoch aussehen, wenn man auf dem Sims stand, dennoch lag sie nur etwa zwanzig Meter über dem Wasserspiegel. Die Chancen zu überleben standen zwar für einen ungeübten Springer nicht allzu gut, doch der Prozentsatz, der die Überlebenswahrscheinlichkeit angab, war mir eindeutig zu hoch. Am Ende wäre ich nur querschnittsgelähmt und müsste mich, neben all meinen körperlichen und sozialen Unzulänglichkeiten, auch noch als Krüppel verspotten lassen. Das war mit Sicherheit das

Allerletzte, was ich brauchte, und mein unerträgliches Leben würde damit nur noch um ein Dutzendfaches schlimmer werden. Im besten Fall gelang es mir also, den Knoten so zu platzieren, dass mein Genick sofort brach, wenn mein Körpergewicht das Seil auf Spannung brachte. Im schlimmsten würde ich noch eine Weile unter der Brücke baumeln und langsam ersticken.

Ein Schauer lief mir über den Rücken. Auch das schien mir keine sehr rosige Aussicht. Eine neue Böe ergriff mich und meine Hände klammerten sich instinktiv an den Handlauf.

Während ich darauf wartete, dass der Wind sich legte, blickten meine Augen ausdruckslos über den Fluss. Meine Gedanken glitten zu Theresa und ihrer Clique. Mit ihnen hatte damals alles begonnen. Meine schwarze Kleidung, das schwarze Make-up und meine geschnürten Lederstiefel, die ich bei jedem Wetter trug, passten nicht in ihre Vorstellungen. Vom ersten Tag an hatte sie mich zusammen mit ihrem Rudel Modepüppchen gemobbt und mir das Leben zur Hölle gemacht. Bald fanden immer mehr Schüler Gefallen daran und schließlich konnte ich keinen Fuß mehr auf das Schulgelände setzen, ohne Ziel ihrer Gemeinheiten zu werden. Selbst auf der Brücke hatte ich noch das Gefühl, dass mir der Wind ihre Worte zutrug.

»Teufelsbraut«, »Hexe«, »Schlampe«, »Kindermörderin« und »Tierschlächterin« waren sicherlich noch die schmeichelhaftesten.

Gleich ist es vorbei, erinnerte ich mich an mein Vorhaben. Ich musste nur noch das letzte bisschen Mut finden, dann würde mich niemals mehr jemand so nennen. Vielleicht tat es ihnen dann sogar ein bisschen leid, aber das ging mich dann nichts mehr an.

Meine Hände griffen erneut an das Seil und tasteten nach dem Knoten. Vorsichtig schob ich ihn Stück für Stück Richtung Hals. Zwischendurch kontrollierte ich immer wieder den Sitz der Schlinge, die am Ende meinen zweiten Halswirbel brechen und damit mein Rückenmark irreparabel und final zerreißen sollte.

Je besser der Strang saß, desto müheloser erschien mir alles. Mein Herz wurde leichter, meine Gedanken fokussierten sich ganz im Hier und Jetzt. Die Ruhe, die ich seit meiner Ankunft hier verspürte, vertiefte sich. Ich atmete durch und erkannte, dass ich bereit war loszulassen.

Gerade, als ich den entscheidenden Schritt nach vorne machen wollte, hörte ich hinter mir ein Geräusch. Es klang, als krache Metall auf den Boden.

»Nein! Nicht! Nicht springen! Bitte!«, drang eine wohlvertraute Stimme wie durch eine dicke Wattewolke an mein Ohr.

2. Kapitel - Markus

Das letzte Licht der Abenddämmerung lag über den Feldern und begleitete mich auf meinem Weg nach Hause. Gedanklich war ich allerdings noch immer in der Sporthalle und ärgerte mich über Tobias. Jedes Mal führten wir die gleichen Diskussionen. Seit Monaten. Es war einfach ermüdend.

Der Center war meine Position, und auch seine zwei Zentimeter mehr würden daran nichts ändern. Selbst wenn er der Größere von uns beiden war, so steckte ich ihn mit meinem jahrelangen Aufbautraining doch spielend in die Tasche. Er war ein Idiot, wenn er glaubte, dass er, nur weil er besonders lang geraten war, ohne jedes Training in unser Team einsteigen und den großen Max markieren konnte. Da hatte er sich mit mir eindeutig den Falschen ausgesucht.

Vor Ärger trat ich härter in die Pedale. Die Landschaft flog nur so an mir vorbei. Die Sporthalle meines Vereins lag ein gutes Stück außerhalb der Stadt in einem Industriegebiet. Genauso gut hätten wir auch wie früher in der Schulhalle trainieren können, doch seit uns dieser neue Konzern sponserte, bestand er darauf, dass wir die firmeneigene Sporthalle nutzten. Ständig saßen irgendwelche Fremden in den Rängen und wir wurden bei den Geschäftskunden herumgezeigt wie Trophäen. Man konnte gerade meinen, sie hätten uns höchstpersönlich gekauft und nicht nur etwas Werbefläche auf den Trikots. Natürlich, wir hießen jetzt auch nicht mehr TV Raidheim, sondern PP Raidheim - was für Pollus Pharmas stand - , aber wir waren immer noch wir. Oder ich war zumindest noch ich. Einige andere schien dieses Sponsoring weit mehr zu beeindrucken.

Unwillig schüttelte ich meinen Kopf. Genug jetzt, ermahnte ich mich.

Die Probleme des Trainings sollten auch dort bleiben. So versuchte ich es mit allem zu handhaben: Bandprobleme während der Proben, Schulprobleme während der Schulzeit und Sportprobleme während des Sports. Wenn man ständig alles mit sich herumtrug und darüber nachgrübelte, dann konnte man nie abschalten und wurde am Ende noch depressiv. Das hatte ich zumindest in einem meiner Psychologiebücher gelesen. Und wenn es dort drin stand, musste es auch stimmen. Mir waren diese Lehrwerke heilig und ich verbrachte meine halbe Freizeit damit, darin zu lesen. Nach dem Abitur im Sommer wollte ich dieses Fach studieren und eine alte Schuld begleichen. Bei dem Gedanken daran ging es mir gleich besser.

Ich verlangsamte mein Tempo. In der Ferne tauchte bereits die Brücke vor der Stadt auf. Von dort war es nur noch ein kurzes Stück bis zu unserer Villa im Grüngürtel. Dort würde ich mich als Erstes unter die Dusche werfen und danach meinen Vater noch eine Runde, mit ein paar AC/DC-Covern auf meiner Strato, in den Wahnsinn treiben. Alles wie immer.

Automatisch drosselte ich meine Geschwindigkeit, denn die letzten Meter vor der Brücke waren voller Schlaglöcher. Für jeden Fremden wäre dieser Weg mit dem Fahrrad eine wahre Falle und er würde stürzen. Doch ich fuhr nahezu täglich hier entlang und konnte selbst bei Dunkelheit instinktiv jedem Loch ausweichen. Schon bald hatte ich die Buckelpiste in Schlangenlinien durchquert und spürte das Metall unter den Reifen. Normalerweise beschleunigte ich an dieser Stelle wieder, aber etwas kam mir merkwürdig vor. Ich konnte noch nicht ausmachen, was es war, aber die Schatten sahen heute anders aus. Irgendetwas stimmte hier nicht. Fast im Schritttempo ließ ich mein Rad weiterrollen und suchte mit akribischer Präzision meine Umgebung ab, dennoch hätte ich sie beinahe übersehen. In ihren schwarzen Kleidern verschmolz sie fast vollständig mit der Dunkelheit. Eiskalte Schauer rasten mir über den Rücken.

Ich konnte nicht erkennen, wer sie war, aber eins wusste ich: Das war kein Spiel. Sie wollte wirklich springen.

Noch während mein Rad ausrollte, schwang ich das rechte Bein über den Sattel und sprang ab. Mit einem metallischen Geräusch, das sich in der Stille unerträglich laut anhörte, krachte das Gestell auf den Boden.

»Nein! Nicht! Nicht springen! Bitte!«, schrie ich aus Leibeskräften und sprintete die letzten Meter bis zu der Stelle, an der das Mädchen auf dem Brückensims stand. Erst jetzt bemerkte ich die Schlinge, die es sich um den Hals gelegt hatte.

Vor meinem inneren Auge tanzten Erinnerungsfetzen und vermischten sich mit der Realität. Ich durfte das nicht noch einmal zulassen. Es durfte nicht wieder passieren.

Konzentrier dich, ruhig atmen, versuchte ich, mich selbst zu beruhigen. Verwickle sie in ein Gespräch. So stand es doch immer in den Büchern. Mit den Suizidgefährdeten reden. Meine Gedanken rasten.

Mein Mund fühlte sich mit einem Mal ganz trocken an und ich wusste nicht, ob ich wirklich etwas sagen konnte.

»Hau ab! Lass mich in Ruhe!« Die Stimme des Mädchens ließ mich wieder in der Gegenwart ankommen. Sie hatte den Kopf gedreht und sah mich über die Schulter mit einem solch entschlossenen Blick an, dass mir das Blut in den Adern gefror. Sie war zu allem bereit.

Beschwichtigend hob ich die Hände. »Schon gut, ich tu dir nichts. Lass uns nur reden.«

Irgendwoher kam sie mir seltsam bekannt vor, doch ich kam einfach nicht darauf.

»Reden? Reden willst du? Zieh Leine, du Arsch!«, schleuderte sie mir die nächsten Worte voller Hass entgegen. »Zum Reden hattet ihr alle genug Zeit. Aber ihr habt mich ja lieber gequält und gemobbt. Jetzt will ich nicht mehr! Verschwinde endlich!«

Bei ihren Worten traf mich die Erkenntnis wie ein Schlag. Natürlich! Die kleine Gruftibraut aus der Schule! Wie hieß sie noch gleich? Irgendwas mit F. Felina? Nein! Felicity? Nein, aber so ähnlich.

Felicitas! Ja, das musste es gewesen sein.

»Felicitas, egal was war. Bitte, komm da runter! Ich bin Schulsprecher. Wir finden eine Lösung!« Ich versuchte, all meine Überzeugungskraft in diese Worte zu legen, doch sie prallten wirkungslos an ihr ab. Die einzige Antwort war ein hysterisches Lachen, das unheimlich die Stille um uns herum zerschnitt. Es schien, als wolle sie gar nicht mehr aufhören zu lachen. Sie schüttelte sich regelrecht und steigerte sich immer weiter hinein.

Kurz entschlossen überwand ich die letzten Schritte bis zum Geländer. Obwohl man sich als Laie auf keinen Fall nähern sollte, ich musste einfach. Wenn sie noch lange so unkontrolliert zuckte, stürzte sie ab. Nur noch drei Schritte trennten mich von der Brüstung, als schlagartig eine geisterhafte Stille einsetzte. Kurz streifte ihr leerer Blick den meinen, dann schob sich ihr linker Fuß unaufhaltsam auf die Kante zu.

3. Kapitel – Fee

Es war zum Mäusemelken! Reichte es nicht, dass sie mir mein Leben zur Hölle gemacht hatten? Offensichtlich nicht, denn so sehr ich ihn auch beschimpfte und versuchte ihn loszuwerden, der gnädige Herr Schulsprecher musste genau diesen wieder heraushängen lassen.

Keine Ahnung von nichts, aber immer die Nase überall drin! Na ja, wenn er unbedingt bleiben wollte, dann sollte er eben. Dann würde er erleben, wie es war, wenn einmal jemand nicht nach seiner Pfeife tanzte.

Jetzt kam er auch noch mit dem Angebot rüber, dass er reden wollte. Reden! Jetzt! Na klar ... Und helfen wollte er auch gleich. Es war die Absurdität dieser Situation, die mir ein hysterisches Lachen entlockte. Sein verstörter Blick, dieses Bettelnde in seiner Stimme ... All das heizte mein Gelächter nur noch mehr an.

Plötzlich stürzte er nach vorne und direkt auf mich zu. Mein Lachen verstummte schlagartig und meine Gedanken rasten.

Nein, verfluchte Scheiße! Du vermasselst mir nicht auch noch DAS.

Geh weg, wollte ich ihm zuschreien, doch wie zuvor, würde er es ignorieren. Ich hatte in Ruhe und Würde sterben wollen. Aber selbst das war mir nicht gegönnt. Zum Springen war der Sims zu schmal, dennoch zögerte ich keine Sekunde. Mein linker Fuß schob sich nach vorne, ertastete die Kante und blieb schließlich halb über dem Abgrund stehen. Im gleichen Augenblick folgte mein rechter. Das Gedankenkarussell verstummte. Ich war mit mir im Reinen. Die Ruhe in mir, die so unsanft gestört worden war, kehrte zurück. Ich breitete meine Arme wie Flügel aus und ließ mich nach vorne fallen. Für einen Moment umfing mich nichts als die Weite des Abgrunds und die Schwerkraft, die mich nach unten zog.

Ein herrliches Gefühl von Freiheit ergriff mich und trug mich auf seinen Schwingen davon. Wenn Sterben sich so anfühlte, warum hatte ich solange gezögert?

Doch diese Freiheit dauerte keinen Wimpernschlag. Ein jäher Ruck durchfuhr meinen

Körper und ein harter Aufprall presste mir die Luft aus den Lungen. Weiße Punkte tanzten vor meinen Augen. War es das? Das war ja leicht! Und der Tod war also nicht das Ende. Vielleicht würde nun alles besser werden!

Gerade wollte ich dieses Gefühl tiefster Zufriedenheit genießen. Doch ein heftiges Schnauben, dicht neben meinem Ohr, ließ mich stutzen. Was war das? Mit einer schnellen Bewegung versuchte ich mich umzuwenden, als ein abscheulicher Schmerz meine Wirbelsäule hinaufschoss. Mit einem scharfen Zischen sog ich Luft durch die Zähne.

Sowas gab es doch nicht im Jenseits? Oder doch? Dann jagte mir plötzlich ein grausamer Gedanke durch den Kopf. War ich gar nicht tot?

War etwas schiefgelaufen? Starke Arme packten mich auf einmal von hinten und zerrten an mir herum. Willenlos ließ ich es geschehen und drehte mich sogar langsam um. Mein Kopf war leer und doch übervoll. Wie Regentropfen prasselten Fragen auf mich ein, nur um sich sogleich wieder in einem dichten Nebel zu verlieren. Nebel wie Watte. Zuckerwatte. Süß und klebrig. Bereit, jeden Gedanken sogleich zu fangen, festzukleben und verschwinden zu lassen.

Eine groteske Version des Gesichts unseres

Schulschwarms erschien vor meinen Augen. Es besaß die gleichen braunen Augen und auch die dunklen Locken fielen lang über seine Schultern herab, nur der Ausdruck darauf hatte nichts Unnahbares und Cooles mehr. Vielmehr blickte ich in eine Fratze, die Angst, Panik und tiefe Verzweiflung ausstrahlte. Die Augen waren weit aufgerissen, jeder Muskel angespannt. Seine Lippen bewegten sich. Aus der Ferne drangen Wortfetzen an meine Ohren.

Sie schienen Anweisungen zu geben, denn mein Körper folgte ihnen, dabei erreichte keine Silbe meinen Verstand.

Im Gegenteil. Dieser löste sich immer weiter von mir und stieg wie ein stiller Zuschauer über meinem Kopf auf. Es war, als verließe ich meine Hülle, um mich selbst zu beobachten. Ich sah auf Arme herab, die in schwarzen Strickstulpen steckten und zu einem Mädchen gehörten, das so zerbrechlich aussah, als könnte es der leichteste Windhauch davontragen. Große Hände hielten ihre Oberarme fest umklammert. Eigentlich müsste sie Schmerzen haben, doch sie schien es nicht zu merken. Schwarzgefärbte Haare flatterten im Wind. Ein geschnürter Halbstiefel schob sich langsam über das Geländer, ein schwarzes Jeansbein folgte. Ein letzter Blick huschte über ein Fahrrad, das vergessen in einiger Entfernung lag. Dann war ich zu weit weg. Ich stieg höher und höher, flog in die Ferne. Die Welt da unten war zu fremd, zu grausam, zu schmerzhaft. Mein Verstand löste sich auf, verschwand in der Unendlichkeit zwischen Zeit und Raum.

4. Kapitel - Markus

Wie Stunden dehnten sich die Sekunden. Gerade rechtzeitig konnte ich Fee noch an der Jacke zurückreißen. Obwohl es kaum eine Minute dauerte, sie wieder auf die sichere Seite des Geländers zu holen, erschien es mir wie eine Ewigkeit. Kraftlos sank sie gegen meine Brust und ich ließ mich mit ihr zu Boden gleiten. Meine Knie zitterten. Sanft zog ich sie in meinen Arm und hielt sie einfach nur fest. Sie kam mir seltsam abwesend vor und sooft ich ihren Namen auch wiederholte, sie reagierte nicht im geringsten. Während meine Linke sie weiterhin festhielt, tastete meine Rechte vorsichtig meine Taschen ab. Irgendwo musste ich doch dieses verfluchte Handy haben. »Verdammt!«, entfuhr es mir leise. Natürlich, das dumme Ding lag auf meinem Schreibtisch. Beim Training wurde es nicht gerne gesehen, wenn wir mit unseren

Smartphones hantierten, daher ließ ich meines immer zu Hause, damit ich gar nicht erst in Versuchung kam.

Sicher war sicher.

Gestresst fuhr ich mir mit der Hand durchs Haar. Die Kleine musste dringend in ärztliche Betreuung. Aber woher sollte ich die nun bekommen? Selbst wenn es zu mir nach Hause nur ein Katzensprung war, hierlassen konnte ich sie auf keinen Fall. Am Ende kletterte sie wieder über die Brüstung und setzte ihren Vorsatz in die Tat um. So schlaff wie sie in meinen Armen hing und sich nicht rührte, konnte ich sie auf dem Fahrrad auch nicht mitnehmen. Nur irgendwas musste ich doch tun.

Wie lange ich nur dagesessen hatte und im Kopf die immer gleichen Gedanken durchgespielt, wieder verworfen und erneut hervorgeholt hatte, konnte ich gar nicht mehr sagen.

Plötzlich regte sich Felicitas in meinen Armen. Ihre Bewegungen waren schwach und fahrig, aber sie schaffte es, den Kopf zu mir zu wenden. »Alles wird gut! Ich bin ja da!«, redete ich auf sie ein und verfluchte mich im gleichen Moment, weil ich nicht mehr zustande brachte, als hohle Phrasen zu dreschen. Wie sollte ihr das helfen? Sanft zog ich sie enger an mich, denn ihr ganzer Körper zitterte. Dann sackte ihr Kopf gegen meine Schulter. Sie bebte heftiger. Mein Shirt wurde feucht! Sie weinte!

»Lass es raus! Lass alles raus! Ich bin bei dir! Wir finden eine Lösung«, wiederholte ich immer wieder und legte meine Wange vorsichtig auf ihr Haar, um ihr mehr Nähe zu spenden. Mit meinem nächsten Atemzug sog ich ihren Duft in mich ein. Eine unglaubliche Kombination aus Patchouli und Erdbeeren bahnte sich ihren Weg durch meine Nase, direkt in meinen Kopf.

Wie hatte mir dieser Duft nur entgehen können? Erinnerungen flackerten auf. Eine Horde Mädchen, angeführt von meiner Ex Theresa, lief auf dem Pausenhof hinter Felicitas her und verspottete sie. »Du stinkst!«, »Wasch dich mal!«, »Du riechst ja wie `ne Leiche!« Das und noch ganz andere Sachen wurden der Kleinen an den Kopf geworfen. Je länger ich nachdachte, desto mehr Szenen tauchten vor meinem inneren Auge auf und alle endeten gleich. Ich griff nicht ein. Auch wenn es meine Aufgabe als Schulsprecher gewesen wäre, gegen Mobbing vorzugehen, so hatte ich es doch geduldet. Schließlich wollte ich es mir wegen ihr nicht mit allen verscherzen. Mein guter Ruf hatte auf dem Spiel gestanden und diesen wollte ich nicht riskieren. Wie dumm ich doch gewesen war!

Ein besonders heftiger Schluchzer holte mich zurück in die Realität. Ich musste eine Weile in

Gedanken gewesen sein, denn Felicitas war an mir herabgerutscht und hing schief über meinem Bein. Als ich ihr mit einer Hand den Arm streicheln wollte, fiel mir auf, wie kalt ihre Haut war. Himmel, wir mussten hier weg. Wenn wir noch lange in Wind und Kälte sitzen blieben, dann würde sie sich doch noch den Tod holen.

»Felicitas!«, versuchte ich, ihre Verzweiflung zu durchbrechen und strich ihr vorsichtig eine dicke Strähne von der Wange. Erstickte Laute, die einem Blubbern glichen, mischten sich zwischen die Schluchzer. »Tut mir leid, ich hab dich nicht verstanden. Kannst du es bitte nochmal wiederholen?«, unternahm ich einen weiteren Versuch und streichelte dabei unbewusst ihr samtiges Haar.

Ihr heißeres Flüstern verlor sich beinah im Wind, doch ein »Fee« konnte ich noch verstehen. »Ich soll dich Fee nennen?«, fragte ich unsicher nach und ein schwaches Nicken gab mir die Antwort.

Sanft drehte ich ihren Kopf so, dass ihre rehbraunen Augen meinen Blick trafen. Dann schenkte ich ihr das beste Lächeln, das ich in dieser Situation zustande brachte.

»Na gut, dann also Fee!« Was für ein toller Name schoss es mir durch den Kopf, während ich weitersprach: »Meinst du, dass du aufstehen kannst? Lass uns zu mir gehen! Ich mach dir einen heißen Kakao und dann sehen wir weiter!«

Ihre Augen wurden groß vor Erstaunen, doch schließlich nickte sie.

5. Kapitel – Fee

Taumelnd kam ich auf die Beine und schaffte es nur mit Markus‘ Hilfe mich aufrecht zu halten, der einen Arm um meine Taille legte. Dann gingen wir die wenigen Schritte zu seinem Rad, welches er mit allerlei Verrenkungen aufrichtete, da er mich nicht loslassen wollte.

In einer anderen Situation hätte ich mich bei diesem Anblick sicher vor Lachen gekugelt, doch so nahm ich alles nur am Rande wahr. Mit der linken Hand wischte ich mir, so gut es ging, die Tränen aus dem Gesicht, während meine rechte sich reflexartig in Markus‘ Trainingsjacke krallte. Ich war noch immer wie betäubt und hatte Schwierigkeiten dem Geschehen um mich herum zu folgen. Während nach meiner »Rettung« zunächst noch tiefe Enttäuschung und Verzweiflung meine Gefühle regierten, war da inzwischen nicht mehr als Leere.

Es war, als verschlänge ein schwarzes Loch zunächst meine Emotionen und dann mich selbst. Wie gerne hätte ich geschrien, um Hilfe gefleht, doch aus meiner Kehle drang kein Laut. Zu oft waren meine Schreie ungehört verklungen. Zu oft hatte man meine Hilferufe abgetan, als seien sie nicht mehr als die trotzigen Worte eines Kindes, dem das Essen nicht schmeckte.

Kalter Stein in meinem Rücken und Markus' Gesicht, welches sich kaum eine Handbreit vor meinem befand, riss mich ein Stück weit aus meiner Lethargie. Seine Lippen bewegten sich, doch seine Worte erreichten mich nicht. Ich spürte, wie er den Arm von mir löste. Im nächsten Moment glitt ich zu Boden, als hätte er all meine Kraft mit sich fortgenommen. Bleierne Müdigkeit lag auf meinen Lidern und für einen Moment schloss ich die Augen. Es war ohnehin schon egal.

Leere und Erschöpfung entließen mich ungern aus dem traumlosen Schlaf, den sie über mich gelegt hatten, doch die Grundbedürfnisse eines Körpers zwangen mich letztlich zurück in die Realität. Ich musste auf Toilette. Noch im Halbschlaf registrierte ich die Wärme und Enge um mich herum. Es war weich und bequem, doch ich konnte mich nicht bewegen. Panisch schlug ich die Augen auf und sah direkt in die Fratze einer stark geschminkten Gestalt. Einen spitzen Schrei ausstoßend, setzte ich mich schwungvoll auf. Dabei rutschte die Decke, unter der ich fest eingepackt gelegen hatte, von meinem Oberkörper und gab mich frei.

Wo war ich?

Der Raum und die Gerüche waren mir völlig fremd. Überall hingen Fahnen und Poster von Rock- und Metalbands, dazwischen standen Pokale mit Basketbällen auf den Deckeln. Wie zum Teufel war ich hierher gekommen? Eine Hand berührte meinen Arm und ließ mich heftig zusammenzucken. Erschrocken warf ich den Kopf herum und blickte mitten in Markus‘ besorgte braune Augen.

Es dauerte einen Augenblick, bevor ich begriff, dass die Hand, die meinen Arm beruhigend streichelte, ebenso zu Markus gehörte, wie das Zimmer, in dem ich mich befand. Ich öffnete die Lippen, um ihn zu fragen, was ich hier tat, als mein Gehirn unbarmherzig alle Schleusen öffnete. Der trügerische Frieden, den der Schlaf gebracht hatte, brach, und die Erinnerungsfetzen der letzten Stunden prasselten auf mich ein. Sie waren nur abgehackte Bruchstücke, doch sie genügten, um all meine Verzweiflung wieder zutage zu fördern. Statt einer Frage kam nur noch ein gequälter Schluchzer über meine Lippen. Ich sank auf dem Bett zusammen, rollte mich ein und schlang die Arme um meinen Körper. Der letzte klare Gedanken, den ich hatte, war, wie bizarr die Situation doch war. Ich, das hässlichste, unbeliebteste Entlein des Einstein-Gymnasiums, lag im Bett des Schulsprechers und flennte.

6. Kapitel - Markus

Ein kalter Schauer jagte meinen Rücken hinab, als Fee‘s Blick meinen traf. Verwirrung, ungläubige Überraschung, Verzweiflung und Wahnsinn wechselten sich darin innerhalb von Sekundenbruchteilen ab. Nun lag sie zusammengekauert vor mir und wurde abwechselnd von verzweifelten Schluchzern und hysterischen Lachern geschüttelt. Ihr ohnehin schon kleiner Körper wirkte noch winziger und verlor sich fast in meinem überlangen Bett.

Unsicher streckte ich meine Hand erneut nach ihr aus, zog sie jedoch wieder zurück. Was auch immer dem Mädchen passiert war, sie brauchte Hilfe. Von Ärzten, Therapeuten oder wenigstens von psychiatrisch geschulten Krankenpflegern. Egal. Hauptsache nicht von mir. Ich war heillos überfordert.

Unbewusst wanderte mein Blick zu dem Stapel Psychologiebücher neben meinem Bett. Verflucht nochmal, wie hatte ich so blöd sein können?
Wie war ich Idiot auf die Idee gekommen, dass ich, nur, weil ich ein paar Bücher gelesen und eine solche Ausnahmesituation bereits selbst erlebt hatte, die Situation allein unter Kontrolle kriegen könnte? Sie am Ende sogar dazu überreden konnte, freiwillig in eine Klinik zu gehen? Die zwei Stunden, die Fee hier geschlafen hatte, änderten rein gar nichts an der Lage. Dass ich ihre Eltern nicht erreichte, war eine Sache, aber ich schaffte es ja noch nicht einmal, dass sie lange genug ansprechbar blieb, um ihr überhaupt eine Psychiatrie vorzuschlagen. Am liebsten hätte ich mich selbst für so viel Dummheit geohrfeigt. Ich hatte mein Wissen über die menschliche Psyche absolut überschätzt und so ziemlich jeden der Fehler gemacht, vor denen meine Bücher immer warnten. Doch jetzt war kaum die Zeit, um mit mir selbst ins Gericht zu gehen. Fakt war, Fee brauchte dringend Hilfe und es war an mir, dafür zu sorgen, dass sie diese bekam.

Kakao, zuckte noch einmal der Gedanke durch meinen Kopf. Ich habe ihr Kakao versprochen. So banal es auch sein mochte, und so wenig es ändern würde, aber es war etwas, woran sie sich - und auch ich mich selbst – festhalten konnte. Eventuell ergab sich dann auch die Möglichkeit, endlich mit ihr zu sprechen. Leise erhob ich mich, schlich möglichst geräuschlos zur Tür und verließ, mit einem letzten Blick auf ihre Gestalt, das Zimmer. Vielleicht beruhigte sie sich in der Zwischenzeit ein wenig.

Ein paar Minuten später stand ich mit einer dampfenden Tasse in der Hand und einer Rolle Kekse in der Hosentasche vor meiner eigenen Zimmertür und klopfte. Dass eine Reaktion ausbleiben würde, hatte ich erwartet, dennoch wollte ich sie nicht erschrecken.

Vorsichtig drückte ich die Klinke und spähte in den Raum. Das hysterische Gelächter hatte aufgehört und auch das heftige Schluchzen war einem leisen Wimmern gewichen. Innerlich seufzte ich erleichtert auf. Vielleicht war es jetzt möglich, ein Gespräch mit ihr zu führen und sie in professionelle Hände zu übergeben. Auch wenn ich noch keine Ahnung hatte, wie ich das anstellen sollte. Bis jetzt kannte ich diese Gespräche nur aus Patientenperspektive. Doch gelang es mir nicht, blieb mir nichts anderes übrig, als den Notruf zu wählen, aber das wollte ich ihr ungern antun. Sie war ohnehin schon am Ende. Wie könnte ich sie dann so erniedrigen, dass ich sie von der Polizei abholen ließ? Immerhin hatte sie mir ein kleines bisschen Vertrauen geschenkt, als sie mitgekommen war. Natürlich konnte ich es mir damit einfach machen, aber wie sollte sie den Therapeuten noch Glauben schenken, wenn ich vorher auf den letzten Resten ihres Vertrauens herumtrampelte. Nein, dieser Weg kam nicht infrage!

Endlich schob ich mich durch die Tür und kickte diese hinter mir mit einem Tritt wieder ins Schloss. Den Kakao stellte ich auf dem Nachtschränkchen am Kopfende des Betts ab, legte die Kekse daneben und setzte mich zu ihr.

Schweigend verstrichen die Minuten und die einzigen Geräusche im Zimmer kamen von den gelegentlich vorbeifahrenden Autos. Ich musterte sie. Die ganze Zeit. Ihre schwarzen Haare, deren Glanz sich nur noch erahnen ließ und die nun in zotteligen Strähnen über ihre Wangen hingen, um das Gesicht zu verbergen. Die schmale Figur, die mir erst aufgefallen war, als ich meinen Arm um sie gelegt hatte, da sie stets von weiten Hoodies verborgen wurde. Ihre ausgefallene Kleidung, für die man sie als Satanistin verschrien hatte und in der doch mehr gelebter Gothic- und Metalstyle steckte, als ich es mich je trauen würde. Und dieser Duft. Immer wieder dieser Duft. Seit meine Nase diese exotische Mischung das erste Mal wahrgenommen hatte, war sie allgegenwärtig. Am liebsten hätte ich mich an sie gekuschelt und sie umarmt. Natürlich auch, um sie zu trösten, vor allem aber, um diesen Geruch in mich einzusaugen.

Mit einem Kopfschütteln fegte ich die unpassenden Gedanken aus meinem Kopf und legte vorsichtig eine Hand auf Fee‘s Schulter. »Fee?«, fragte ich leise. Keine Antwort. Sanft streichelte ich über ihren Oberarm. »Dein Kakao wird kalt!«

Das erste Mal an diesem Abend hatte ich das Gefühl, dass meine Worte sie wirklich erreichten, denn ihr Kopf wandte sich wie in Zeitlupe zu mir. Aus ihrem, vom Heulen aufgedunsenem und mit Make-up verschmiertem, Gesicht, blickte mich ein Paar Rehaugen überrascht an. »Ich hatte ihn dir doch versprochen!«, vermochte ich gerade noch zu flüstern, dann zerbrach etwas in mir.

7. Kapitel – Fee

Warum tut er das? Aus welchem Grund sollte mich Markus erst retten und dann mit nach Hause nehmen? Auch wenn er sich nie am Mobbing beteiligt hat, geholfen hat er mir auch nicht. Was ist denn plötzlich anders?

Nachdem mein Suizidversuch gescheitert war, setzten meine Selbsterhaltungstriebe langsam wieder ein. Ich musste zu Hause den Brief wegschaffen und auch sonst durfte nie herauskommen, was heute Abend passiert war. Meine Eltern würden ausflippen.

Eine Bewegung an meinem Oberarm holte mich aus dem Grübeln zurück und es dauerte einen Moment bis ich begriff, dass Markus meinen Arm streichelte. Er redete irgendetwas von Kakao, dass ich nicht wirklich verstand, aber es war höchste Zeit, dass ich mit ihm redete. Daher drehte ich mich um und erschrak. Alles Selbstbewusstsein schien von dem Mädchenschwarm abgefallen zu sein und das Gesicht, das mir entgegenblickte, war schon fast unheimlich.

Graue Schatten lagen auf seinen Zügen und aus seinen Augen starrten mir dunkle Abgründe voller Traurigkeit und Verzweiflung entgegen. Gerade redete er wieder über Kakao und gab sich große Mühe tapfer zu erscheinen, doch mich täuschte das alles nicht. Im Grunde war er wie ich. Er stand an einem Abgrund. Für die glücklichen Menschen wirkte er ganz normal, doch ich stand selbst auf dieser Klippe. Wer also sollte besser erkennen, wen die Tiefe ebenfalls rief, als jemand, der nur ein wenig den Kopf drehen brauchte und ihm direkt ins Angesicht sah?

»Sagst du's ihnen?« Diese Frage kam mir ganz unwillkürlich über die Lippen, denn sie hatte mich die ganze Zeit gequält. Wenn Theresa und ihre Freundinnen von allem erfuhren, würden sie mich endgültig erledigen.

Kurz zuckten Markus' Augenbrauen erstaunt nach oben, ehe er den Kopf schüttelte. »Niemals«, hauchte er und obwohl seine Stimme so leise war, dass sie kaum mein Ohr erreichte, lag darin mehr Wahrheit als in jeder wortgewaltigen Beteuerung.

Fahrig griff er nach einer Tasse auf seinem Nachttisch und reichte sie mir. Mit einem schiefen

Lächeln griff ich danach und nahm ihm zuliebe einen Schluck. Auch wenn mir speiübel war, so hatte er sich immerhin Mühe gegeben. Doch bereits in dem Moment, in dem die lauwarme Flüssigkeit meinen Hals hinabrann, hatte ich das Gefühl mich übergeben zu müssen.

»Darf ich deine Toilette benutzen?«, presste ich hervor und verschwand, nachdem er mir gesagt hatte, wohin ich musste, aus dem Zimmer. Zum Glück befand sich das Bad gleich gegenüber.

Zuerst verschaffte ich meinem rebellierenden Magen, dann meiner Blase Erleichterung, bevor ich erschöpft gegen die kühlen Fliesen sank. Wie sollte es nun weitergehen? Ich musste hier dringend weg. Das hier war nicht meine Welt und ich hatte Markus' unerwartete Hilfsbereitschaft schon mehr als überstrapaziert. Bestimmt war er froh, wenn ich endlich wieder verschwand und ihn aus dieser unangenehmen Pflicht, sich zu kümmern, entließ. Außerdem - ich brauchte einen Moment, um das Gefühl zu ergründen - machte er mir Angst.

Diese Traurigkeit in seinem Blick, diese Verzweiflung; wenn sie ausbrach, würde sie mich davonspülen. Ganz gleich, was er für mich getan hatte, meine Kräfte waren erschöpft.

Er brauchte seine Freunde, jemanden, der für ihn da war, doch das konnte und wollte nicht ich sein.

Ein Pochen an der Tür und eine beunruhigte Stimme setzten der Grübelei ein abruptes Ende. »Fee?«, hörte ich Markus von draußen. »Ist alles in Ordnung mit dir?«

Hektisch sprang ich auf und konnte mich gerade noch am Rand der Badewanne abstützen, als meine Beine drohten, mir den Dienst zu versagen.

»Ja, alles okay!«, versuchte ich, möglichst überzeugend zu antworten, doch die Worte klangen selbst in meinen Ohren falsch.

»Bitte mach keinen Scheiß und komm wieder raus!«, drangen seine besorgten Worte herein.

Welchen Scheiß sollte ich denn machen, überlegte ich verwundert, ehe mein Blick über die Ablage glitt. Dort lagen neben Zahnbürsten und Mundwasser auch zwei Rasierer.

Für wie asozial hielt mich der Kerl eigentlich?

Ja, ich hatte versucht, mich umzubringen, aber so egoistisch den nächsten Versuch in einem fremden Badezimmer zu starten, war ich sicher nicht.

»Komme gleich«, rief ich zurück und trat ans Waschbecken. Das eiskalte Wasser belebte meine Geister wieder. Zunächst spülte ich mir den Mund, danach versuchte ich so gut wie möglich mein

Gesicht zu reinigen. Ich sah aus wie ein Panda. So konnte ich ganz sicher nicht auf die Straße.

Schließlich trat ich, nicht wirklich sauber, aber zumindest klarer im Kopf, wieder auf den Gang. Markus erwartete mich bereits. »Fee, wir müssen reden. Bitte!«

8. Kapitel - Markus

Fee wankte leicht, als sie auf den Flur trat. Schnell stützte ich sie und lenkte ihre Schritte wieder in Richtung meines Zimmers. Besser wir kamen schnell vom Flur weg. Mittlerweile war es kurz vor Mitternacht und ich wollte meinem Dad, der jede Minute schlafen gehen würde, die Situation lieber nicht erklären.

Nachdem ich Fee vorsichtig wieder auf dem Bett abgesetzt hatte, schloss ich die Tür und blieb unschlüssig davor stehen. War es besser Abstand zu halten oder sollte ich ihr lieber Nähe spenden? In meinen schlauen Büchern hatte dazu nichts gestanden. Darin ging es immer nur um professionelle Distanz, aber wir waren einfach nur zwei Schüler. Vermutlich brauchte sie aktuell eher einen Freund als jemanden, der ihr mit erhobenem Finger eine Standpauke hielt.

»Darf ich mich zu dir setzen?«, fragte ich schließlich und kam mir bereits im selben Augenblick albern vor. Es war immerhin mein Zimmer. Zum Glück nickte Fee und so ließ ich mich etwas unsicher neben ihr auf die Matratze fallen.

Während sie im Bad war, hatte ich mir unzählige Male die Worte zurechtgelegt, nur um sie gleich wieder zu verwerfen. Wie sollte ich nur anfangen? Verzweifelt rang ich nach der richtigen Formulierung, aber schließlich war sie es, die das Gespräch begann.

»Wo sind eigentlich meine Stiefel?«, stellte sie mir die wohl absurdeste Frage, die ich mir in der Situation vorstellen konnte. Mit einem Nicken deutete ich zur anderen Seite des Betts. »Dort drüben. Deine Jacke auch. Ich wollte, dass du es im Bett bequem hast. Außerdem waren sie ziemlich dreckig«, fing ich sofort an mich zu rechtfertigen. Ihre Hand legte sich auf meinen Arm. Es sollte wohl eine beruhigende Geste sein, doch sie zitterte und ihre Haut war immer noch eiskalt. Erschrocken sah ich sie an.

»Markus, es ist okay. Danke, dass du dich um mich gekümmert hast, aber ab jetzt komme ich alleine klar. Es wird Zeit, dass ich gehe.«

Obwohl ihre Stimme fest klang, schwang die Lüge in jedem ihrer Worte mit. Sie versuchte aufzustehen, doch ich hielt sie vorsichtig am Arm fest. »Fee, wir müssen reden«, wiederholte ich. Kaum wahrnehmbar schüttelte sie den Kopf. »Nein, das müssen wir nicht. Du würdest es nicht verstehen«, widersprach sie mit einer Traurigkeit in der Stimme, die mir das Herz zerreißen wollte. Jedes weitere Wort kostete mich unendliche Überwindung, so sehr schnürte sich meine Brust zusammen. »Doch, Fee, das würde ich.«

Auf einmal veränderte sich ihr Gesicht und glich immer mehr einer verzerrten Fratze. »Ach ja? Glaubst du das wirklich? Was weißt du schon von meinem Leben?« Immer schneller und lauter sprudelten die Worte aus ihr heraus. Sie redete sich förmlich in Rage. »Deine Eltern haben Kohle ohne Ende, du bist Schulsprecher, alle Mädchen fliegen auf dich und du könntest an jedem Finger drei haben, wenn du wolltest! Wenn du mit deiner beschissenen Band auf der Bühne stehst, jubeln dir alle zu und der Star des Basketballteams bist du auch noch! Du bist reich, beliebt, siehst gut aus und jeder will dein Freund sein. Warum zur Hölle glaubst du, dass ausgerechnet *du* mich verstehen kannst? Nur nochmal zu deiner Erinnerung. Ich bin Fee. Du weißt schon, die Satanistin, die Katzenmörderin, Luzifers Bitch und so. Die Fee, die Tierblut trinkt, auf Friedhöfen schläft, wie eine

Leiche stinkt und von der noch nicht geklärt ist, ob sie ein Vampir oder Zombie ist. Ein guter Schultag ist einer, an dem mich bis zur ersten Pause noch niemand beleidigt, mit Kunstblut angespritzt oder mit Dreck beworfen hat. Das einzige, was uns verbindet, ist, dass wir unsere Sachen nicht hinkriegen. Ich, meinen Selbstmord und du deinen Job als Schulsprecher. Also hör auf, von Verständnis zu labern. Du hast doch keine Ahnung, wie es mir gerade geht.«

Inzwischen war sie aufgesprungen und lief wild gestikulierend vor mir auf und ab. Die Heftigkeit ihres Ausbruchs erschreckte mich und ich zuckte unwillkürlich vor ihr zurück. »Aber Fee ...«, setzte ich an, doch kam nicht weit.

»Aber Fee, aber Fee«, äffte sie mich nach. »Nichts, aber Fee. Was verstehst du verwöhntes Muttersöhnchen schon von meinen Problemen? Halt einfach die Schnauze und lass mich gehen.«

Dass ihre Stimme nur noch ein einziges Fauchen und Zischen war, nahm ich gar nicht mehr wahr. Bereits als sie »Muttersöhnchen« sagte, fiel in mir eine mühsam errichtete Barrikade zusammen.
Die taffe Maske, die heute Abend bereits einige Risse bekommen hatte, ließ sich nicht länger aufrechterhalten.

Eine altvertraute Lähmung nahm meinen

Körper in Besitz und ließ mich rittlings umkippen. Tränen schossen mir in die Augen und noch bevor mein Kopf das Laken berührte, waren meine Wangen von einem feuchten Film überzogen.

9. Kapitel – Fee

Wutentbrannt rauschte ich auf die andere Seite des Betts und ließ mich auf den Boden fallen. Was bildete sich der aufgeblasene Schnösel eigentlich ein? Sicher, meine Eltern waren auch wohlhabend, aber gegen Markus wohnten wir fast in einer billigen Absteige. Also wieso glaubt dieser verfluchte Kerl, dass er irgendetwas verstehen könnte.

Wütend stieß ich meinen Fuß in den linken Halbstiefel und zog heftig an den Schnürsenkeln. Es wurde höchste Zeit, dass ich hier wegkam, ehe ich noch etwas sagte, das ich wirklich bereute. Mit dem zweiten Stiefel verfuhr ich nicht weniger sanft und rappelte mich auf. Hastig griff ich nach meiner Jacke und stürmte Richtung Tür.

»Vielen Dank für alles und ein schönes Leben noch!«, warf ich in den Raum. Kaum auf dem Flur, prallte ich gegen einen Kerl, der auch zu dieser Uhrzeit noch mit Anzug und Schlips rumrannte. Das war sicher Markus' Vater, der Banker aus der Vorstandsetage. Welcher normale Mensch zog sich nach Mitternacht noch so an, obwohl er offensichtlich seit Stunden zu Hause war?

»Guten Tag, junges Fräulein, wer sind Sie denn?« Sein überraschter Blick traf mich und ich versuchte fieberhaft, eine Antwort zu finden, die nicht mit den Worten, *Ihr Sohn hat mich von der Brücke geholt,* begann. »Ich ... äh ... also ...«, stotterte ich los, als mich Markus unterbrach, der neben mich getreten war.

»Das ist Fee. Eine Freundin. Sie wollte nur eben ins Bad, aber sie wartet natürlich, bis du fertig bist.« Damit beförderte er mich wieder in sein Zimmer und schloss die Tür hinter uns. Erleichtert atmete ich auf. »Danke«, sagte ich zerknirscht.

»Ja, ja, lass stecken«, winkte er ab.

»Können wir uns jetzt endlich unterhalten?«

»Wie gesagt, es bringt doch nichts ...«, begann ich zu protestieren, wurde jedoch genervt unterbrochen.

»Jetzt halt doch verflucht nochmal die Schnauze und hör mir zu. Erst rette ich dich und dann darf ich mir einen blöden Spruch nach dem anderen von dir reinwürgen lassen. Du hast sie doch nicht mehr alle.«

»Ich habe dich nicht um Hilfe gebeten«, fauchte ich zurück, obwohl ich wusste, dass mein Verhalten mehr als ungerecht war.

»Na, fein! Ich hab die Nase voll. Entweder wir reden, oder ich rufe die Polizei und die reden mit mir über deinen Suizidversuch. Wie hättest du es denn gerne?«

Mit heruntergeklappter Kinnlade sah ich ihn an. Beim Anblick seiner wütenden Miene blieb mir jeder Protest im Hals stecken. Doch hinter der Fassade lag noch etwas anderes. Eine seltsame Traurigkeit versteckte sich in den Schatten seiner Augen, - zu gut, um offensichtlich zu sein, zu schlecht, um ungesehen zu bleiben. Ich schloss den Mund, legte den Kopf schräg und runzelte die Stirn. Irgendetwas stimmte hier nicht. Nachdem Markus mir aber ohnehin keine Wahl ließ, konnte ich wenigstens gleich noch herausfinden, was da so fürchterlich zum Himmel stank.

»Na schön, dann red mal«, forderte ich ihn auf und bereits seine ersten Worte, rissen mir den Boden unter den Füßen weg.

»Zunächst mal lass uns zwei Dinge klarstellen: Ich bin kein Muttersöhnchen und ich kann sehr wohl verstehen, wie es dir geht. Meine Mutter hat sich umgebracht.«

10. Kapitel - Markus

Uff, das war gerade nochmal gutgegangen. Ein Glück, dass mein Vater sich wie immer einen Dreck für mich interessiert hatte, sonst wäre ihm mein verheultes Gesicht sicher aufgefallen. So jedoch konnte ich Fee wieder in mein Zimmer bugsieren und sie endlich dazu bringen, mit mir zu reden. Okay, es war mehr eine Erpressung gewesen, aber irgendwie musste ich sie ja dazu bekommen, dass sie mir wenigstens erstmal zuhörte. Es war nun auch nicht so, dass mir diese Thematik leicht fiel, dennoch hätte ich mich schlecht gefühlt, wenn ich es nicht wenigstens versucht hätte. Ich ließ mich schwer auf das Bett fallen und begann zu erzählen.

»Es war der letzte Montag vor den großen Ferien. Sie sah so glücklich aus, als ich morgens in die Schule ging. Seit Wochen hatte sie wieder einmal Frühstück gemacht und dabei gelächelt. Es

war ein merkwürdiges Lächeln. So, als freue sie sich auf etwas, auf das sie lange gewartet hat.«
Für einen Moment stoppte ich, knetete an meinen Fingern herum und seufzte. »Als ich abends von meinem Basketballtraining nach Hause kam, lag sie im Bett. Ganz friedlich, fast als schliefe sie, doch irgendetwas kam mir seltsam vor. Ich bin ins Zimmer gegangen und wollte sie wecken, doch es war zu spät.« Unbewusst fuhr ich mir mit dem Handrücken über die feuchten Augen. »Neben ihrem Bett lagen Unmengen leerer Blister von Schlaftabletten und Antidepressiva. Sie hat einfach nicht mehr geatmet.«

Inzwischen liefen mir die Tränen ungehindert über die Wangen und ich rang um Fassung. Mamas Lächeln hatte sich so in meinen Kopf gebrannt. Immer wieder sah ich es vor mir und dabei war es schon Jahre her. Doch das Bild verblasste niemals. Wenn es mir heute vor meinem inneren Auge erschien, fühlte es sich an, als hätte sie sich auf einen Ort gefreut, der schöner war, als ein Leben mit Vater und mir je hätte sein können.

Ich war gerade dreizehn gewesen. Alt genug, um zu bemerken, dass etwas mit meiner Mutter nicht stimmen konnte, denn sie verbrachte zu viel Zeit im Bett und sah oft verheult aus. Doch ich war zu jung, um zu verstehen, dass sie krank war.

Sie hatte mir außerdem immer eine passende Ausrede serviert; mal hatte sie schlecht geschlafen, mal war sie traurig, weil Papa an ihrem Geburtstag arbeiten musste, mal schob sie eine Migräne vor. Jeder ihrer Vorwände war gut gewählt und wir alle hatten ihr geglaubt.

Plötzlich schlangen sich Arme um meinen Oberkörper und ein Kopf lehnte sich an meine Schulter. Überrascht blickte ich zur Seite. Mir war gar nicht aufgefallen, dass sich Fee neben mich gesetzt hatte. »Es tut mir leid«, flüsterte sie und ich wusste, dass sie damit mehr meinte als ihre fiesen Worte.

Eine ganze Weile rührten wir uns nicht und ich genoss einfach ihre Nähe. Ihren Duft, der meine Nase kitzelte, und das Gefühl, dass es ihr nicht egal war, was ich ihr erzählt hatte. Mein Vater verbot sich jedes Gespräch über Mum und tat so, als hätte sie nie in unserem Leben existiert. Ich selbst vergrub mich seit diesem Tag in Psychologiebüchern und suchte nach einer Antwort für das Geschehene.

Schließlich räusperte ich mich und nahm das Gespräch wieder auf. Die Tränen und Erinnerungen hatten mich ausgezehrt, meine Stimme war leise und die Worte mit Bedacht gewählt. Wenn ich jetzt etwas Falsches sagte, würde Fee wieder auf stur schalten.

»Weißt du«, begann ich. »Ich habe mich damals auch ganz allein gefühlt. Mein Vater wollte nicht darüber reden und meine Freunde zogen sich von mir zurück. Sie wussten nicht, wie sie mit mir umgehen sollten. Monatelang habe ich alles in mich hineingefressen, jede Menge Scheiß gebaut und meinen Frust an anderen ausgelassen. Ich war fast so schlimm wie Theresa.«

Fee hatte sich inzwischen aufgesetzt und hörte mir schweigend zu. Mein Blick suchte den ihren, ehe ich fortfuhr. »Eines Tages habe ich richtig Mist gebaut. Mein Vater hält die Schnapsbar immer verschlossen, aber ich wollte mich an meinem vierzehnten Geburtstag unbedingt betrinken. Also fuhr ich zur nächsten Tanke und versuchte, mir eine Flasche Wodka zu klauen. Das Ganze ging natürlich fürchterlich schief. Ich wurde erwischt. Als der Angestellte mich festhalten und die Bullen rufen wollte, geriet ich total in Panik. Ich stieß ihn weg. Er krachte voll in ein Regal und ich bin abgehauen. Gefunden haben sie mich natürlich trotzdem. Sie hatten ja die Überwachungsbänder. Mein Vater ist fast ausgerastet, als die Vorladung kam. Trotzdem hat er mir den besten Anwalt gesucht, denn so ein Taugenichts als Sohn zerstört ja seinen Ruf. Kaum strafmündig und schon vor Gericht. Na ja, am Ende musste ich Sozialstunden in einem Krankenhaus ableisten. Auf einer offenen psychiatrischen Station. Der Richter hatte das begriffen, was ich mir nicht eingestehen wollte. Ich brauchte Hilfe. Die Strafe hat ihr Ziel auch nicht verfehlt, denn ich habe gemerkt, dass all die Vorstellungen, die ich bislang von Psychiatrien hatte, von Hollywood geprägt und absolut falsch waren. Nachdem ich dort also fertig war, habe ich mir selbst eine Therapie gesucht. Es war gar nicht so einfach, denn mein Vater wollte mich auf keinen Fall in der Klinik lassen. Er hat sich viel mehr Sorgen um das Gerede der Leute als um mich gemacht. Am Ende konnten ihn aber der Psychologe und die Ärztin doch überreden, mich dort zu lassen. Es war eine verflucht schwere Zeit und ich habe oft daran gedacht aufzugeben, aber nach ein paar Monaten ging es mir wirklich besser. Meine Aggressionen waren verschwunden und auch sonst fühlte ich mich, als wäre ein ganzes Gebirge von mir abgefallen.

Danach konnte ich endlich wieder mein Leben angehen.« Ich verstummte und war zugleich erstaunt, dass ich so offen mit ihr darüber redete. Diesen Teil meiner Vergangenheit verbarg ich stets. Seit ich vor vier Jahren die Schule gewechselt hatte, gab es niemanden mehr in meinem Umfeld, der davon wusste.

Abwartend musterte ich Fee. In ihren Augen spiegelten sich deutlich die unterschiedlichsten Gefühle wider, die in ihr tobten. Angst, Mitleid, Traurigkeit, Verzweiflung, aber auch Wut und Ablehnung. Ihre Lippen begannen leicht zu beben. Sie wirkte so verloren. Wortlos zog ich sie in meine Arme und streichelte ihr den Kopf, doch ich wusste genau, dass der wichtigste Teil des Gespräches noch fehlte.

Dennoch räumte ich ihr zunächst ein paar Minuten ein, damit sie ihre Gefühle sortieren konnte. Schließlich flüsterte sie: »Es tut mir so leid, was dir passiert ist.« Sie wollte weiterreden, aber ich legte ihr sanft einen Finger auf die Lippen. »Das muss es nicht. Jeder Mensch hat sein Päckchen zu tragen, der eine ein größeres, der andere ein kleineres.« Ein letztes Mal schöpfte ich Atem, dann zwang ich mich, die Worte auszusprechen, die noch notwendig waren.

»Fee, nach allem was heute Abend passiert ist ... Ich glaube, es wäre gut, wenn du dir auch Hilfe holst. Die Klinik, in der ich war, ist ganz in der Nähe und wirklich sehr gut. Wollen wir hinfahren?«

11. Kapitel - Fee

Psychiatrie? Ich? Mein ganzer Körper versteifte sich bei diesem Gedanken. Mit einer ruckartigen Bewegung befreite ich mich aus Markus' Armen und rutschte von ihm weg. Wie konnte er nur so etwas vorschlagen?

»Sag mal, spinnst du? Was soll ich denn in einer Irrenanstalt? Da gehen doch nur Leute hin, die wirklich Probleme haben und absolut durchgeknallt sind. Schizophrene, Pädophile, Killer und sowas. Aber ich doch nicht!«, fauchte ich ihn an.

Er zuckte unter meinen Worten zurück, als hätte ich ihn geschlagen. »Für was hältst du mich dann? Für einen Kinderschänder oder doch eher einen Massenmörder?« Seine Stimme zitterte und ich hätte mich in diesem Moment ohrfeigen können für meine nicht vorhandene Sensibilität.

»Bitte, entschuldige. So war das nicht gemeint.

Du warst eben einfach überfordert und hast jemanden angegriffen. Es hat dir sicher dabei geholfen, dass du nicht eines Tages Amok läufst.« Kaum waren die Worte heraus, verfluchte ich mich bereits erneut. Gerade hatte ich um Verzeihung gebeten und schon warf ich ihm die nächste Beleidigung an den Kopf. »Ach verdammt ... tut mir leid. Aber du hattest wirklich Probleme und hast anderen geschadet. Ich tue aber doch niemandem etwas. Das ist doch etwas vollkommen anderes«, versuchte ich mich herauszureden.

»Du hast niemandem etwas getan? Sei doch mal ehrlich mit dir selbst! Ich habe dich vor ein paar Stunden von einer Brücke geholt, wo du dir das Leben nehmen wolltest. Bist du etwa niemand? Nur, weil du keinem *anderen* schaden wolltest, heißt das noch lange nicht, dass du *niemandem* schadest. Mensch, Fee, ich kann dich doch nicht ewig hierbehalten. Aber ich lasse dich ganz sicher auch nicht allein nach Hause. Es hat sich in den letzten Stunden nichts geändert. Wenn ich dich jetzt gehen lasse und du dich dann umbringst, verzeihe ich mir das niemals.«

Verwirrt sah ich ihn an. Zwar verstand ich, was er versuchte mir zu sagen, doch ich wollte die Wahrheit hinter diesen Worten nicht akzeptieren. Ich war doch nicht verrückt. Und gefährlich schon gar nicht. Wie konnte er so etwas behaupten?

»Wenn du magst, komme ich dich besuchen, sooft ich darf. Du musst das nicht allein schaffen. Ich weiß, wie einsam und hart es ist, wenn man niemanden hat, der hinter einem steht.« Sein Vorschlag kam überraschend und ich lachte laut auf.

»Willst du mich verarschen? Seit Monaten werde ich von deiner feinen Ex und ihrer Clique schikaniert und terrorisiert. Du hättest längst etwas sagen können, aber stattdessen hast du auch nur zugeschaut wie alle anderen. Und auf einmal willst du mir helfen? Nur, weil du zufällig zur falschen Zeit am falschen Ort warst und jetzt Schuldgefühle bekommst? Aber natürlich auch nur da, wo keiner sehen kann, dass du mit mir abhängst«, zischte ich. Verachtung lag dabei in jeder Silbe.

Sein Gesicht verlor jede Farbe und wirkte auf einmal seltsam grau. Mühsam würgte er hervor: »Aber so ist das doch gar nicht. Ich weiß, dass ich Scheiße gebaut habe. Natürlich hätte ich längst etwas sagen sollen, aber du hast immer so gewirkt, als würdest du es locker wegstecken. Das ist selbstverständlich eine miese Ausrede, aber glaub mir, ich habe heute kapiert, dass ich bescheuert war. Wenn du wieder in die Schule kommst, können wir gerne zusammen abhängen, aber trotzdem brauchst du dringend Hilfe. Schließlich ist es reichlich kompliziert etwas zu unternehmen, wenn du dich umbringst.« Während er sprach, war seine Stimme kräftiger geworden und die letzten Worte sollten wohl flapsig rüberkommen, doch so ganz traf er den Ton nicht. Dafür trafen mich seine Worte mitten ins Herz. Es tat ihm leid. Er wollte sogar mein Freund werden. So recht konnte ich ihm den plötzlichen Sinneswandel allerdings nicht abkaufen.

»Das sagst du jetzt doch nur, um mich loszuwerden. Sobald ich in der Klapse sitze, höre ich nie wieder etwas von dir«, warf ich ihm vor.

Er schüttelte den Kopf. »Nein. Das würde ich nie tun. Ich stehe zu meinem Wort.« Leicht amüsiert schnaubte ich auf. Das war ja sowas von klar. Jetzt kommt er mir mit Ehre daher. Als ob ich darauf etwas geben würde. Gerade wollte ich ihm eine gepfefferte Antwort an den Kopf werfen, da beugte er sich auf einmal vor und küsste mich flüchtig auf die Wange. Ein warmes Gefühl breitete sich in meinem Bauch aus und die Stelle, an der mich sein Mund berührt hatte, begann zu prickeln. So sehr ich versuchte, mich gegen diese Gefühle aufzulehnen, es gelang nicht. Sie vernebelten meinen Kopf und lösten meinen Widerstand langsam auf, bis nur noch ein leise schimpfendes Stimmchen in meinem Unterbewusstsein zurückblieb.

12. Kapitel - Markus

O Gott, was hatte ich getan? Ich hatte sie geküsst. Geküsst. Wie konnte ich nur?

Während ich mir noch wünschte, dass sie mich gleich anschnauzen würde, veränderte sich etwas in ihrem Gesichtsausdruck. Er wurde ruhiger. Friedlicher. Etwas verklärt. Oh nein, das hatte mir gerade noch gefehlt. Was, wenn sie sich jetzt falsche Hoffnungen machte?

Klar, sie war süß und ihr Geruch war der absolute Hammer, dennoch wich ich, auch innerlich, instinktiv einen Schritt zurück. Das Wechselbad der Gefühle, durch das mich dieser Abend geschickt hatte, ließ meinen Kopf schwirren und meinen Magen rebellieren. Ich konnte gerade beim besten Willen nicht mehr sagen, ob das Gefühl in meinem Bauch Schmetterlinge waren oder mein Abendessen, das wieder hoch wollte. Nach all der

Aufregung und der Geschichte meiner Mutter war mein Innerstes aufgewühlt wie das Meer bei einem Orkan. Meine Hormone spielten mir Streiche und so konnte ich unmöglich feststellen, ob ich mich tatsächlich in sie verliebt hatte. »Entschuldige, ich wollte dir nicht zu nahe treten«, brachte ich heraus, nachdem ich sie gefühlte fünf Minuten nur dumm angestarrt hatte.

»Keine Angst, das bist du nicht. Aber mir geht das gerade alles ein wenig schnell. Vor ein paar Stunden hast du noch nicht einmal mit mir gesprochen.« Ihre sehr rationale Antwort beruhigte mich. Ein Glück, das hätte auch gewaltig schiefgehen können.

»Möchtest du dir nicht doch helfen lassen?«, lenkte ich das Gespräch zurück auf das ursprüngliche Thema und überging ihre Aussage bewusst. Darüber konnten wir auch an einem anderen Tag noch reden – oder vielleicht lieber nie.

»Du kommst mich wirklich jeden Tag besuchen?«, hakte sie nach, bevor ich Zeit hatte, mich innerlich weiter für mein unbedachtes und völlig überstürztes Handeln ins Gebet zu nehmen.

»Und du erzählst es nicht in der Schule rum? Weder was heute passiert ist, noch dass ich in der Psychiatrie bin?«

»Natürlich nicht. Versprochen.«, erwiderte ich und nickte heftig, um meine Worte zu unterstreichen. »Was die Besuche angeht, jeden Tag wird es wohl nicht gehen. Aber ich komme, sooft ich darf, allerdings wünscht man in der Klinik natürlich auch, dass du dich auf deine Therapie konzentrierst und nicht dauernd Ablenkung von außen hast. Ich denke, dass du zumindest am Anfang nicht so viel Besuch bekommen darfst. Aber wann immer sie es dir erlauben, werde ich da sein.«

Einen Moment fürchtete ich, dass ich einen Fehler gemacht hatte, ihr von dieser Regelung zu erzählen. Ihre Miene verdunkelte sich, doch dann zuckte sie mit den Schultern.

»Na ja, wenigstens hast du dann weniger Stress. Sonst wird mich ja ohnehin niemand besuchen.« Auch wenn sie es als Scherz verpackte, merkte ich ihr deutlich an, dass es sie mehr mitnahm, als sie zugeben wollte.

»Keine Sorge, so schlimm, wie es sich anhört, ist es gar nicht. Bei mir war es zum Beispiel am Anfang so, dass ich unter der Woche nur eine Stunde am Mittwoch Besuch haben durfte, dafür am Wochenende immer den ganzen Nachmittag.« Nur leider hat mir das nichts genutzt, denn es kam ja nie jemand, fügte ich in Gedanken hinzu, doch das tat jetzt nichts zur Sache. »Glaubst du, das könntest du aushalten? Es ist auch nicht so, dass es dort langweilig wird. Unter der Woche hast du jede Menge verschiedene Therapien und es gibt Bücher, Spiele und jede Menge Kram, um zu basteln oder zu malen. Außerdem sind die meisten Patienten nicht halb so verrückt, wie du denkst und man kann prima mit ihnen plaudern.« Das stimmte zwar nur zum Teil, denn bei dem ständigen Wechsel der Patienten gab es immer wieder Phasen, in denen man zu niemandem so recht einen Draht fand, doch diese gingen auch wieder vorbei. Es machte keinen Sinn, Fee von vornherein zu ängstigen.

»Klingt ja eigentlich ganz okay. Aber wieso mir Basteln helfen sollte, verstehe ich nicht wirklich. Wasserfarben auf Papier klatschen kann ich auch zu Hause.«

So ganz hatte ich sie wohl noch nicht überzeugt.

»Lass es doch einfach auf dich zukommen. Bist du eigentlich schon achtzehn? Ich habe da was im Kopf, dass du zurückgestuft wurdest. Sonst wärst du ja in meiner Jahrgangsstufe.«

Meine Frage schien sie zu irritieren, aber sie schüttelte den Kopf. »Nein, wieso?«

»Ach, nur so. Wenn du minderjährig bist, müssen deine Eltern mit der Einweisung einverstanden sein. Aber wenn du dem Personal dein Anliegen vorher schilderst, werden sie dich bei dem Gespräch unterstützen.«

»Na ja, dann bin ich morgen eh wieder zu Hause. Meine Eltern lassen mich niemals in der Klapse. Lieber probieren sie ein paar Proben aus Vaters Vertreterkoffer aus. Er hat ja genug Psychiater auf der Liste, da fallen ein paar fehlende Tabletten nicht auf. Seit er diesen Job hat, hält er sich eh für einen Wunderheiler.« Am liebsten hätte ich sie wieder in den Arm genommen, so viel Frust schwang in ihren Worten mit.

»Ach, meinen Vater haben sie auch rumgekriegt. Warum nicht auch deine Eltern? Wollen wir langsam los?«, fragte ich und musste ein Gähnen unterdrücken. Ein kurzer Blick auf den Wecker ließ mich erschrecken. Fünf Uhr. Ein Glück, dass wir gerade Herbstferien hatten, einen Schultag hätte ich nach dieser Nacht nicht überstanden. Wenigstens würden wir so direkt zu Dienstantritt der Ärzte und Psychologen ankommen und die Situation in Ruhe besprechen können, bevor diese schon von einem Termin zum nächsten hetzten.

»Können wir noch kurz zu mir nach Hause? Ich möchte Wäsche einpacken und ...«, sie stockte kurz. » ... da liegt noch der Abschiedsbrief. Den möchte ich auch lieber wegräumen, bevor meine Eltern ihn finden.«

Obwohl ich ihren flehenden Blick sah, verneinte

ich. Mir war nicht wohl bei dem Gedanken daran, sie nach Hause zu lassen. Vielleicht würde sie es sich dann wieder anders überlegen und ich hatte keine Kraft mehr, sie noch einmal zu überzeugen. »Du kannst mir deinen Schlüssel geben, wenn du magst und eine Liste. Dann hole ich alles und bringe es dir. Den Brief lasse ich natürlich auch verschwinden«, schlug ich vor.

Ich sah ihr an, dass sie protestieren wollte, doch ihr Mund schloss sich unverrichteter Dinge. Tiefe Schatten lagen unter ihren Augen, als sie müde nickte.

13. Kapitel – Fee

Mit dem Auto erreichten wir die Klinik viel zu schnell. Sie lag am Rand der Stadt, umgeben von kleinen Grünflächen und wirkte im Zwielicht des Morgens fast idyllisch. Ich hatte mit einem sterilen Plattenbaukomplex gerechnet, wie für Krankenhäuser eben typisch, doch stattdessen liefen wir nun auf ein großes Sandsteingebäude zu. Die Fassade war in einem dunklen Gelbton gestrichen, die Tür- und Fensterrahmen bordeauxfarben. Hinter diesen Mauern vermutete ein Außenstehender sicherlich vieles, aber keine Psychiatrie.

Je weiter wir den Kieswegen Richtung Eingang folgten, desto langsamer wurden meine Schritte. Schließlich blieb ich, keine fünf Meter vor der Eingangstreppe, ganz stehen. »Glaubst du wirklich, sie können mir helfen?«, vergewisserte ich mich bei

Markus. Dieser nickte. »Natürlich. Mir konnten sie auch helfen und ich war ganz sicher kein einfacher Patient. Vermutlich erkennt mich das halbe Personal sofort wieder und betet, dass nicht ich bleiben will.« Obwohl sein Lachen echt war, klang es viel zu laut in der Stille des Morgens.

Unsicher blickte ich zwischen der Tür und Markus hin und her.

»Soll ich wirklich? Was ist, wenn sie mich nicht mehr gehen lassen?« Angst machte sich in mir breit.

»Keine Sorge, du bist ja freiwillig hier. Wer freiwillig kommt, darf auch jederzeit wieder gehen.« Er klang aufrichtig, dennoch blieben leise Zweifel in mir zurück. Warme Finger schoben sich mit einem Mal in meine eiskalte Hand und drückten diese.

»Ich bin bei dir. Dir wird nichts passieren. Versprochen.« Markus tat einen Schritt auf den Eingang zu und ich folgte ihm, wenn auch zögerlich. In den letzten Stunden hatte er ziemlich viel versprochen. Ob er auch nur die Hälfte davon halten würde?

»Notfallambulanz« stand auf einem großen, roten Klingelknopf im Türrahmen. Mit der gleichen Selbstverständlichkeit als wäre es nur die Türglocke zum Haus seines besten Freundes, betätigte Markus ihn. Es blieb seltsam still. Im Inneren musste es allerdings geläutet haben, denn bald bewegte sich hinter den milchigen Scheiben ein Schatten. Ein Schlüssel drehte sich im Schloss und schließlich öffnete sich die Tür. Eine grauhaarige Frau kam lächelnd heraus.

»Ja bitte, was kann ich für Sie tun?« Dann fiel ihr Blick auf meinen Begleiter und ihre Stimme bekam schlagartig etwas Mütterliches.

»Markus, was machst du denn um diese Zeit hier? Hast du etwas angestellt? Geht es dir nicht gut? Hältst du deinen Vater nicht mehr aus?«, überschüttete sie ihn mit Fragen.

»Keine Sorge, Gerlinde. Bei mir ist alles bestens. Mein Vater hat sich kein Stück geändert, aber damit habe ich mich inzwischen abgefunden. Heute in einem Jahr werde ich bereits ausgezogen sein und irgendwo studieren. Jetzt habe ich achtzehn Jahre mit ihm geschafft, da kriege ich die paar Monate auch noch hin.«

Mir schwirrte der Kopf. Dass sein Vater nicht gerade der herzlichste Mensch war, war mir bereits bei unserer kurzen Begegnung aufgefallen, aber zwischen den beiden schien einiges mehr im Argen zu liegen. Bevor ich mir jedoch darüber den Kopf zerbrechen konnte, deutete Markus auf mich.

»Diesmal bin ich nicht wegen mir hier, sondern wegen meiner Begleitung. Ihr Name ist Fee. Fee«, wandte er sich damit zu mir und deutete auf die Dame vor uns. Diese trug einen etwas altmodischen Rock, doch strahlte sie Wärme und Fröhlichkeit aus. Keine Eigenschaften, die ich an einem solchen Ort erwartet hätte. »Das ist Gerlinde. Sie war meine Bezugsschwester während der Therapie.«

Auch wenn ich keine Ahnung hatte, was das sein sollte, so nahm mir der herzliche Umgang der beiden ein wenig die Angst. Wenn sie sich heute noch freuten, einander zu begegnen, so konnte seine Zeit hier ja nicht der reinste Horror gewesen sein.

Die Schwester blickte zwischen uns hin und her, dann trat sie zur Seite. Ich erwartete, dass sie als Nächstes ein Klemmbrett zückte und mir peinliche Fragen stellte. Warum genau ich herkam, wieso ein Mädchen in meinem Alter so deprimierende Gedanken hatte und ähnliches. Dann kam unter meine Antworten sicher gleich eine in Großbuchstaben gemalte Diagnose: »Nicht ganz richtig im Kopf. Besser wegsperren.« Stattdessen sagte sie aber nur: »Kommt erstmal rein. Alles andere könnt ihr mir auch drinnen erzählen. Ihr erfriert mir ja noch.«

Mit diesen Worten eilte sie voraus zu einer

kleinen Kaffeeküche, wo sie sogleich den Wasserkocher in Betrieb nahm und Teebeutel in Tassen verteilte. Dann wies sie auf ein paar Stühle, die um einen Tisch angeordnet waren.

»Setzt euch. Wir trinken jetzt erstmal einen Tee und ihr erzählt mir alles in Ruhe.«

14. Kapitel - Markus

Geduldig hörte Gerlinde zu und unterbrach mich lediglich für ein paar kurze Fragen. Ursprünglich hatte Fee erzählen sollen, doch sie saß nur eingeschüchtert auf ihrem Stuhl, klammerte sich an ihre Tasse und nippte ab und zu an ihrem Tee. Daher berichtete ich. Von dem Mobbing an der Schule, unserer Begegnung auf der Brücke und auch vom weiteren Verlauf des Abends. Ihre Vorurteile gegenüber psychiatrischen Einrichtungen hatte ich, ganz im Gegensatz zu meinen Tränen, nicht ausgespart. Die Krankenpflegerin gab sich jedoch alle Mühe, jedes Klischee, mit Anekdoten aus ihrem Berufsleben, zu zerstreuen.

Nachdem ich geendet hatte, schwieg sie noch einen Moment, bis sie sich an Fee wandte. »Mädchen, du kannst wirklich froh sein, dass du Markus kennst. Es war genau die richtige

Entscheidung zu uns zu kommen. Ich möchte dem Psychologen ja nicht vorgreifen, aber ich werde gleich sehen, wo wir noch ein Bett für dich frei haben. Wenn ihr noch etwas braucht, Markus weiß ja, wo das Stationszimmer ist.« Sie erhob sich und rauschte aus dem Raum.

Neben mir entspannte sich Fee sichtlich. Im Laufe meiner Schilderung war sie immer kleiner geworden und hatte den Kopf tief zwischen die Schultern gezogen. Gerne hätte ich sie beruhigt und ihr gesagt, dass alles halb so schlimm war, doch ich erinnerte mich zu gut an meine erste Ankunft. Man hatte mir unzählige Fragen gestellt, mich unangenehme Erinnerungen hervorholen lassen und Salz in so ziemlich jede Wunde gestreut, die man finden konnte. Natürlich war es im Nachhinein das einzig Richtige, denn so hatte man auch recht schnell den passenden Therapieplan zusammenstellen können. Dennoch, es war einfach ein mieses Gefühl gewesen und ich wusste, dass auch Fee das noch bevorstand. Bis es allerdings soweit sein würde, wollte ich sie zunächst auf andere Gedanken bringen.

»Siehst du? Die Schwester ist doch schon mal ganz nett, oder?«, bemühte ich mich, ein Gespräch mit ihr in Gang zu bringen. Die einzige Antwort blieb jedoch ein leichtes Kopfnicken. Na ja, immerhin.

»Oh verdammt«, fiel mir siedend heiß wieder ein. »Wir müssen unbedingt noch die Liste schreiben, damit ich deine Sachen holen kann. Wenn der Psychologe erst einmal Zeit hat, werde ich nach Hause geschickt. Warte einen Moment. Ich hole schnell Zettel und Stift.« Noch während des letzten Satzes war ich bereits zur Tür hinaus und eilte zum Gemeinschaftsraum. Wenn sich im Laufe der letzten Jahre nichts geändert hatte, lagen dort immer Stifte und ein Stapel Papier.

Tatsächlich wurde ich fündig und saß keine halbe Minute später wieder bei Fee. Dennoch hatte die Zeit gereicht, um sie schrumpfen zu lassen. Sie wirkte winzig, wie sie auf dem Stuhl gekauert saß, mit dem Oberkörper gegen die Wand gepresst. Ich wedelte mit meiner Beute.

»Siehst du, es ist gar nicht so schlecht hier. Zumindest wenn man gerne schreibt, sind sie gut ausgerüstet.« Eigentlich hatte ich das als Scherz gedacht, doch Fee horchte auf einmal auf und schien sehr interessiert zu sein. »Schreibst du gerne?«

Sie nickte. »Sehr gerne. Ich mag Papier. Es hört mir immer zu und ist nie genervt von mir.
Man muss schließlich mit jemandem reden, sonst erstickt man irgendwann an sich selbst.«

Nachdenklich schaute ich sie an. Sie war definitiv anders als Theresa und meine anderen Mitschüler. Wenn gestern solche Sätze gefallen wären, hätte ich diese lediglich auf ihr seltsames Äußeres bezogen. Die letzten Stunden hatten jedoch meinen Blick auf sie verändert. Sie war unheimlich intelligent und hatte eine Sicht auf manche Dinge, die ich nur bewundern konnte.

»Darf ich denn mal eines deiner Werke lesen?« Meine Nachfrage löste bei ihr nur vehementes Kopfschütteln aus.

»Meine Gedichte sind nur für mich. Sie sind das einzige, was von mir noch übrig ist und was mir Theresa nicht genommen hat.« Während sie sprach, rutschte sie noch ein wenig näher an die Wand, als versuchte sie darin zu verschwinden.

»Ist gut. Ich möchte dir nichts wegnehmen.« Seufzend ließ ich mich auf einen Stuhl fallen und legte mir die Schreibutensilien zurecht. »Na komm, lass uns anfangen. Wir haben nicht mehr viel Zeit.«

15. Kapitel – Fee

Es blieb gerade genug Zeit, Markus meine Liste zu diktieren und ihm zu erklären, wo er die Dinge im Haus fand, bevor Gerlinde mit einer jungen Frau im Arztkittel hereinkam.

»So Markus, es ist Zeit deine Freundin allein zu lassen. Verabschiede dich bitte von ihr«, wies sie ihn an. Eilig steckte er die Liste und meinen Schlüssel ein, drückte mich kurz und verschwand mit einem »Bis später«.

Die unangenehme Stille hielt nicht lange an, denn die Frau an Gerlindes Seite stellte sich als Dr. Seiffert vor. Ihre Stimme war warm und sie hatte eine Art an sich, die dafür sorgte, dass ich sie einfach mögen musste.

»Felicitas Erpel, aber sagen Sie bitte Fee zu mir«, nannte ich ebenfalls meinen Namen.

»Nun gut Frau Erpel ...«

»Fee«, unterbrach ich die Ärztin. »Sagen Sie Fee zu mir. Wer möchte denn bitte Frau Erpel genannt werden? Ich jedenfalls nicht!«

Selbstverständlich konnte sie das nicht wissen, aber ich hasste diesen Namen wie die Pest. Solange ich denken konnte, gab er anderen Kindern Anlass mich zu verspotten. Schon im Kindergarten waren sie mir schnatternd hinterhergerannt, nur weil irgendein großer Bruder einmal erklärt hatte, was ein Erpel ist.

»Also gut, Fee. Kommen Sie dann bitte mit. Ich würde gerne die Aufnahmeuntersuchung mit Ihnen durchführen.«

Untersuchung? Davon hatte Markus aber nichts erzählt. »Warum wollen Sie mich untersuchen? Mir fehlt nichts. Dass ich das letzte Mal krank war, ist ewig her«, hinterfragte ich argwöhnisch und rührte mich keinen Millimeter.

»Keine Sorge, das machen wir mit allen Patienten. Nicht jeder, der hierher kommt, ist körperlich gesund und wir möchten einfach sicher gehen, dass unsere Patienten auch physisch bestmöglich versorgt werden.«

Das klang irgendwie einleuchtend und für weitere Diskussionen fehlte mir auch die Energie. Nur mit Mühe gelang es mir, überhaupt die Augen offen zu halten. Wenn ich nicht bald in ein Bett kam, schlief ich vermutlich im Stehen ein. Vielleicht würde man mich nach der Untersuchung schlafen lassen. Mit diesem Hoffnungsschimmer am Horizont tappte ich Dr. Seiffert hinterher.

Etwa eine Stunde später gab die Ärztin auf, mich auszuquetschen und entließ mich wieder aus dem Untersuchungszimmer. Mein Blick wanderte zur Wanduhr. Halb zwölf. Kein Wunder, dass selbst die Motivation der Psychiaterin an meiner Müdigkeit zerbröselt war. In diesem Moment kam auch bereits eine Schwester um die Ecke. Dr. Seiffert hatte sie gerufen, damit sie mir mein Zimmer zeigte.

»Hallo, ich bin Anja«, stellte sich die quirlige Rothaarige vor. »Na dann, komm mal mit. Dein Zimmer ist gleich hier hinten, in der Nähe des Ärztezimmers. Du hast es also gleich geschafft«, versuchte sie mich vergeblich aufzumuntern.

Erst als sie tatsächlich nur wenige Sekunden später eine Tür öffnete und auf ein Bett zeigte, kam noch einmal etwas Leben in mich. Die Schwester öffnete eine weitere Tür, hinter der eine Toilette und eine Dusche zum Vorschein kamen. Dann verabschiedete sie sich und ließ mich alleine.

Sehnsüchtig fiel mein Blick aufs Bett, bevor ich mich dazu durchrang, vorher noch das WC aufzusuchen, denn es war Stunden her, seit ich

Markus‘ Bad benutzt hatte. Kaum hatte ich die Spülung gezogen und meine Hände gereinigt, lag ich bereits auf dem Bett. Ich schaffte es nicht einmal mehr, meine Schuhe von den Füßen zu streifen, bevor ich in einen tiefen, traumlosen Schlaf fiel.

16. Kapitel - Markus

Als ich durch die Tür nach draußen trat, atmete ich erst einmal tief durch. Ich hatte es geschafft. Fee war in guten Händen. Erleichterung machte sich in mir breit.

So sehr ich sie in der kurzen Zeit auch ins Herz geschlossen hatte, so froh war ich jetzt dennoch, dass diese Verantwortung in fähige Hände übergegangen war. Am liebsten wäre ich ohne Umweg nach Hause gefahren, um endlich zu schlafen, doch ich hatte ihr versprochen, dass ich den Brief verschwinden ließ. Zum Glück war es mit dem Auto nicht allzu weit und sie hatte mir alles so genau beschrieben, dass ich sicherlich nicht lange brauchte.

Bereits eine Viertelstunde später öffnete ich die Haustür des kleinen Einfamilienhäuschens. »Hallo«,

rief ich in die Stille hinein, nur für den Fall, dass Fee‘s Mutter früher nach Hause gekommen war.
Mit einem Einbrecher verwechselt zu werden, war das Letzte, was ich jetzt noch brauchen konnte.

Als niemand antwortete, trat ich langsam in den kleinen Flur. Auf der rechten Seite führten Türen in die Räume des Erdgeschosses, links lag die Treppe zum oberen Stockwerk. Diese steuerte ich zielsicher an, denn dort lag Fee‘s Zimmer. Bei jeder knarzenden Holzstufe zuckte ich zusammen und fühlte mich ertappt. Obwohl Fee mich selbst darum gebeten hatte, kam es mir vor, als täte ich etwas Unrechtes.

Am Treppenabsatz angekommen, blickte ich mich um. Jeweils zwei Türen pro Seite führten in die angrenzenden Räume, eine weitere lag vor mir am Ende des Gangs und genau hinter dieser befand sich mein Ziel. Zögernd schritt ich darauf zu. Es fühlte sich falsch an einfach ins Zimmer eines Mädchens zu spazieren, das ich kaum kannte, um dort herumzukramen. Doch was blieb mir anderes übrig? Ich hatte es Fee versprochen und ich würde sicherlich nicht, kaum dass sie in der Psychiatrie war, schon das erste Versprechen brechen. Mein Wort galt etwas, denn ich gab es selten, auch wenn sie heute einen anderen Eindruck gewonnen haben musste. Aus unerfindlichen Gründen hatte ich ihr heute eine Menge versprochen. Fragte man meine Psychologiebücher, dann war das sicherlich das Dümmste, was ich tun konnte, aber es hatte sich richtig angefühlt und ich meinte es auch so.

Vorsichtig drückte ich die Klinke herunter und trat in den Raum. Kahle, weiße Wände starrten mir entgegen. In den Ecken stapelten sich Umzugskartons und auch die Regale sahen aus, als wäre Fee gerade erst eingezogen. Dieses fast schon klinische Zimmer verwirrte mich. Allein wegen ihrer provokanten Outfits hätte ich etwas gänzlich Anderes erwartet. Doch zumindest erleichterte es mir die Suche ungemein. Obwohl ich bis gerade eben noch daran zweifelte, dass ‚Nachtschränkchen' als Beschreibung für die Lage des MP3-Players ausreichen würde, so stach er mir jetzt schon von weitem in die Augen. Verwaist lag er neben einem Geschichtsbuch.

Mit ein paar Schritten durchquerte ich den Raum und wollte ihn gerade in meine Tasche gleiten lassen, als mich die Neugierde überfiel. Was hörte Fee denn eigentlich für Musik? Mit ein paar Knopfdrücken befand ich mich mitten in ihrer Playlist und las Namen wie *Mantus*, *Saltatio Mortis*, *Unheilig* und *Nickelback*. Einen guten Geschmack hatte sie, das musste man ihr lassen. Zwei Drittel ihrer Playlist befanden sich auch auf meinem iPod und nicht wenige der Titel gehörten auch zum Repertoire meiner Band.

Schließlich schaltete ich das Gerät wieder aus und trat an ihren Kleiderschrank. Als ich die Hand nach dem Türknauf ausstreckte, verstärkte sich das mulmige Gefühl in meinem Bauch. Es war eine Sache ihre Playlist anzuschauen, eine völlig andere jedoch ihre Kleidung und Unterwäsche zu durchwühlen. Leider blieb mir keine andere Wahl, denn irgendetwas zum Umziehen brauchte sie. Mit einem Ruck öffnete ich den Schrank. Vor mir lagen sauber geordnete Stapel schwarzer Wäsche. Ich ließ meinen Blick darüber gleiten, konnte jedoch nirgends eine andere Farbe ausmachen. Lediglich vom Schrankboden leuchtete es mir blau entgegen. Dort lag tatsächlich die von Fee beschriebene Reisetasche.

Schnell zog ich sie heraus und stellte sic vor mich auf den Boden. Dann fischte ich wahllos T-Shirts, Pullover und Hosen aus dem Schrank, die ich, so ordentlich es ging, in der Tasche verstaute. Zuletzt griff ich in das Fach für die Unterwäsche und förderte Socken, Schlüpfer und BHs hervor. Eigentlich hatte ich mir ja vorgenommen, diese intimen Sachen nicht näher anzuschauen, doch als ich die feinen Spitzen und Rüschen fühlte, konnte ich nicht widerstehen. Ein anerkennender Pfiff entfuhr mir, als ich die schicken Dessous sah und vor meinem inneren Auge baute sich ein Bild von ihr in genau dieser Unterwäsche auf.

Verflixt noch mal, das durfte doch nicht wahr sein! Ich schlug mir mit der flachen Hand gegen die Stirn. Es war keinen Tag her, da hatte sie versucht, sich das Leben zu nehmen und ich dachte nur darüber nach, wie antörnend ich ihre Unterwäsche fand. Kerl zu sein, konnte manchmal so anstrengend sein.

Schnell ließ ich die restliche Wäsche in der Tasche verschwinden, steckte den MP3-Player ebenfalls hinein und zog den Reißverschluss zu. Nun noch eben den Brief vom Schreibtisch holen und dann nichts wie nach Hause, drängte ich mich selbst zur Eile. Vernichten lauteten ihre Anweisungen, als die Rede auf den Brief gekommen war. Aufheben, hatte mich Gerlinde gebeten, als sie es zufällig mitbekam.

Was sollte ich denn nun tun? Zögerlich hielt ich für einen Augenblick inne. Hin- und hergerissen zwischen dem Versprechen an Fee und meiner Erfahrung, dass der Rat meiner Bezugsschwester sich immer als wertvoll erwiesen hatte.

Egal, dachte ich mir schließlich. Ich stopfte den Umschlag, samt den Papieren darunter, in ein Seitenfach der Reisetasche und machte mich auf den Weg nach unten. Sollte Fee selbst entscheiden, was sie damit tat. Ich hatte fürs Erste genug und war einfach nur noch froh, als ich zwanzig Minuten später endlich in meinem Bett lag. Das letzte, das ich wahrnahm, war Fee‘s herrlicher Duft, der immer noch in den Laken hing.

17. Kapitel – Fee

Ich erwachte. Im Zimmer um mich herrschte vollkommene Dunkelheit. Wie lange hatte ich geschlafen? Vorsichtig versuchte ich meine Arme und Beine zu bewegen, ehe ich mich aufsetzte. Alles funktionierte einwandfrei. Niemand hatte mich an mein Bett gefesselt, um mich ruhigzustellen. Erleichtert seufzte ich auf. Vielleicht stimmten Markus‘ Erzählungen tatsächlich und es war hier nicht so schlimm, wie die Filme es immer darstellten.

Eilig schwang ich mich aus dem Bett und wäre um ein Haar hingefallen. Verdammt, diese Krankenhausdinger waren viel zu hoch. Langsam gewöhnten sich meine Augen an die Finsternis und ich konnte die Zimmertür ausmachen. Ob Schwester Gerlinde noch Dienst hatte? Oder Anja? Die beiden schienen ja ganz nett zu sein und ich musste endlich erfahren, wie es weiterging. Als ich die Tür öffnete und in den Flur trat, lag dieser dunkel und verlassen vor mir. Nur die Leuchtanzeige der Wanduhr warf ein schwaches Licht in den Gang.

Verschlafen wie ich war, brauchte es einen zweiten Blick, bevor ich verstand, dass mir die Uhr auch die Zeit anzeigen konnte. Drei Uhr vierzig leuchtete mir in großen Lettern entgegen. Es war mitten in der Nacht! Hatte ich wirklich fünfzehn Stunden geschlafen? Egal, darum konnte ich mir wann anders Gedanken machen. Wo war denn gleich wieder dieses Stationszimmer? Unschlüssig zuckte ich mit den Schultern und lief einfach darauf los.

Es dauerte nicht lange, bis ich feststellte, dass das ganze Gebäude im Quadrat um einen Innenhof angeordnet war. Umso besser, so würde ich auf jeden Fall früher oder später mein Ziel erreichen und auch mein eigenes Zimmer wiederfinden. Na wenigstens etwas.

Nachdem ich bereits das dritte Mal ums Eck gebogen war, fiel mir aus einem Zimmer ein schwacher Lichtschein entgegen. Hier musste ich richtig sein. Leise Geräusche drangen daraus hervor und durch die großen Fenster konnte ich einen großgewachsenen jungen Mann erkennen, der gerade mit allerlei Tablettenschachteln hantierte.

Unschlüssig blieb ich stehen und starrte einfach weiter durchs Fenster. Durfte ich einfach klopfen? War es überhaupt erlaubt nachts sein Zimmer zu verlassen? Konnte ich den Pfleger bei seiner Arbeit stören?

Während ich noch überlegte, hob er den Kopf und blickte mich direkt an. Er hatte scheinbar gespürt, dass er beobachtet wurde. Über seine Lippen legte sich ein freundliches Lächeln und er winkte mich herein.

Bereits wenig später saßen wir zusammen in der Kaffeeküche, jeder eine dampfende Tasse Tee vor sich. Sebastian, so hatte er sich vorgestellt, bestand darauf, dass ich mich erst einmal wärmte. Auch etwas zu Essen hatte das Personal mir vorsichtshalber von der Abendausgabe zurückgestellt. Dass es Krankenhausfraß war, störte mich in diesem Moment nicht einmal. Obwohl ich zunächst abgelehnt hatte und lieber Antworten auf meine Fragen wollte, knurrte mein Magen beim Anblick des Brotes so vehement, dass ich mich schließlich doch darüber hermachte.

»Wie geht es nun weiter?«, versuchte ich, zwischen zwei Bissen, herauszufinden.

Der Pfleger zögerte einen Moment, ehe er antwortete. »So genau können wir das noch nicht sagen. Ihre Mutter war gestern Abend bereits hier und wollte Sie unbedingt mitnehmen. Schwester Anja hat sie aber erstmal überredet, Sie schlafen zu lassen, nachdem Sie, trotz des lautstarken Streits in ihrem Zimmer, nicht einmal unruhig geworden sind. In ein paar Stunden kommt sie allerdings wieder und droht der Klinik so ungefähr jede Klage an, die es gibt, wenn wir Sie nicht entlassen.«

Wäre es nicht so traurig, dann wäre es ja schon fast lächerlich komisch. Genau das war meine Mutter. Lieber erst drohen und klagen und danach fragen, wieso, weshalb, warum.

»Muss ich dann nach Hause? Helfen Sie mir nicht?« Die Frage schwebte wie ein Damoklesschwert im Raum und mit einem Mal begriff ich, dass für mich eine Welt untergehen würde, wenn ich ging.

Tränen stahlen sich in meine Augenwinkel. Seit Monaten hatte ich keine Nacht mehr als vier Stunden geschlafen. Albträume hatten mich gequält und eine unbändige Angst vor dem nächsten Schultag mich wachgehalten. Erst jetzt bemerkte ich, wie ruhig ich auf einmal war. Obwohl mir die Psychiatrie noch immer Angst machte und die Ungewissheit an mir nagte, war ich nicht mehr so aufgewühlt. Es war, als würde die Aura dieses Ortes mich in eine dicke Watteschicht einhüllen und all die Dinge außerhalb dieser Mauern von mir fernhalten. Auf einmal verstand ich, warum Markus von all dem hier so angetan war.

»Ich möchte hier nicht weg«, hauchte ich fast unhörbar. »Ich brauche doch Hilfe.« Und in dem Moment, in dem ich es aussprach, löste sich auch das letzte bisschen Widerstand in meinem Kopf auf. Tränen traten mir in die Augen und ich weinte. Weinte, weil ich mein Leben so sehr hasste. Weinte, weil ich mich selbst hasste. Aber am meisten weinte ich, weil ich diesen Selbsthass so sehr hasste.

18. Kapitel - Markus

Verschlafen blinzelte ich. Wie spät war es? Lange konnte ich nicht geschlafen haben, denn ich fühlte mich wie gerädert. Die letzte Nacht hatte die Energie aus mir herausgesaugt wie ein Vampir das Blut aus seinem Opfer.

Nur mit Mühe schaffte ich es meine Lider zu öffnen und den Kopf zu drehen. Zwanzig Uhr. Na egal. Es waren Ferien. So müde wie ich war, wollte ich nur noch weiterschlafen. Morgen war auch noch ein Tag und das Training hatte ich ohnehin schon verpasst. Gerade rollte ich mich wieder zusammen, als mir die Tasche neben dem Bett ins Auge fiel. Ach verdammt. Fee! Wie konnte ich vergessen, ihr die Tasche zu bringen? Jetzt war es bereits zu spät. Die Besuchszeit war längst zu Ende und man würde auch für mich keine Ausnahme machen.

Wo war denn nur mein Handy? Schlaftrunken

wankte ich durchs Zimmer. Warum war das blöde Ding nie da, wo man es brauchte? Es dauerte noch eine ganze Weile, ehe mir auffiel, dass ich noch immer meine Kleider trug und mein Handy in der Hosentasche steckte, in der ich es vor der Abfahrt verstaut hatte. Ich fischte es heraus und wählte die Nummer der Klinik. Ein komisches Gefühl. Nach all den Jahren hatte ich sie noch immer nicht gelöscht und selbst wenn ich es täte, so wusste ich sie auswendig.

Nach dem dritten Klingeln hob Anja ab, und als sie mich erkannte, wollte sie mich schon mit Fragen bestürmen, aber ich blockte ab. Dass es mir leidtat wegen der Tasche, sollte sie Fee ausrichten, und dass ich auf jeden Fall morgen früh kommen und sie vorbeibringen würde. Dann beendete ich das Gespräch, bevor die Schwester doch wieder anfing, mich mit Fragen zu löchern, und sank aufs Bett. Obwohl ich es mir fest vorgenommen hatte, schaffte ich es auch diesmal nicht aus meiner Hose und schlief, mit aus dem Bett baumelnden Beinen, ein.

Am nächsten Tag wachte ich bereits in aller Frühe auf. Ausgeschlafen und munter beschloss ich, vor der Abfahrt in die Klinik erst einmal eine ausgedehnte Joggingrunde einzulegen, um meine Gedanken zu sortieren. Nach einer Nacht Schlaf kam mir das Erlebte so unwirklich und bizarr vor. Während meine Füße einen gleichmäßigen Takt auf den Waldboden trommelten, richteten sich meine Gedanken nur auf Fee.

Ich hatte sie gar nicht gefragt, warum sie sich umbringen wollte, schoss es mir auf einmal durch den Kopf. War es wirklich nur wegen Theresa? Warum war ihre Familie überhaupt hierher gezogen? Ihre Eltern waren beruflich ohnehin dauernd unterwegs, welchen Grund konnte es da geben, Fee kurz vor dem Abi aus der gewohnten Schule zu reißen? Je länger ich nachdachte, desto mehr fiel mir auf, dass ich sie verdammt wenig gefragt hatte. Stattdessen hatte ich sie mit meinen Geschichten vollgequatscht, ihr von der Klinik vorgeschwärmt, aber, was eigentlich los war, wusste ich noch immer nicht.

Aus lauter Frust steigerte ich mein Tempo. Wie konnte ich nur so blöd sein? Aus mir wird nie ein guter Psychologe, ich versage ja schon bei den einfachsten Dingen. Vor lauter Wut auf mich selbst, beschleunigte ich noch einmal, schaltete meine Gedanken aus und rannte. Die meisten Menschen reden sich gerne ein, dass sie auf etwas zu rennen, das neuer, besser und schöner ist. In Wahrheit rennen sie jedoch nur so schnell sie können vor den Dingen in ihrem Leben weg, die anstrengend, kompliziert und verzwickt sind. Dabei merken sie gar nicht, dass es genau die Dinge im Leben sind, die man mit Schweiß und harter Arbeit erkämpft hat, auf die es wirklich ankommt.

19. Kapitel – Fee

Die restliche Nacht zog sich wie Kaugummi. Die Zeit wollte einfach nicht vergehen. An Schlaf war nach dem Gespräch mit Sebastian nicht mehr zu denken und Markus ließ ausrichten, dass er meine Sachen erst morgen vorbeibrachte. So hatte ich noch nicht einmal meine Musik, um mich ein wenig abzulenken.

Unruhig tigerte ich über den Gang, fragte nach Hygieneartikeln, duschte, lief wieder herum und duschte schließlich erneut. Als der Frühstückswagen um sieben auf die Station gerollt wurde und auch die restlichen Patienten langsam aufwachten, war ich ziemlich erleichtert. Es war zwar idiotisch, doch ich fühlte mich nicht mehr so allein. Auch Gerlinde hatte inzwischen ihren Frühdienst angetreten und kam auf mich zu. »Ich habe gehört, dass es mit deiner Mutter gestern nicht so gut gelaufen ist. Mach dir nicht allzu viele Sorgen. Heute ist Herr Maier, unser Psychologe, dabei und deine Mutter hatte über Nacht auch Zeit sich etwas zu beruhigen. Ach so, Herr Maier möchte dich gerne vor dem Gespräch noch kennenlernen. Möchtest du frühstücken oder soll ich dich gleich bringen?«Da ich vor Aufregung ohnehin keinen Bissen herunterbringen würde, erhob ich mich vom Tisch im Gemeinschaftsraum und räumte das Tablett weg. »Wann kommt meine Mutter denn?«, wollte ich wissen.

»Gleich um halb neun.«

So bald schon? Ich begann zu zittern. Panik stieg in mir auf und setzte sich wie ein dicker Elefant auf meine Brust. Das Atmen fiel mir immer schwerer. Mir wurde schwindlig.

Als ich die Augen wieder aufschlug, lag ich auf dem Boden. Neben mir knieten Gerlinde und ein Mann mit drei Tage Bart. Sie sahen beide sehr besorgt aus.

»Kindchen, was machst du denn für Sachen? Hast du Schmerzen?«, fragte die Schwester und drückte mich sanft wieder zu Boden, als ich mich aufsetzen wollte. »Immer langsam. Hast du dir den Kopf angeschlagen?«

Vorsichtig bewegte ich meine Gliedmaßen und

meinen Kopf hin und her. Es schien alles in Ordnung zu sein. Nur mein Steißbein tat etwas weh.

»Alles okay«, erwiderte ich und versuchte noch einmal mich hinzusetzen. Diesmal ließ sie mich gewähren. Allerdings kam in diesem Moment ein weiterer Pfleger mit einem Rollstuhl um die Ecke. Gerlinde und der Mann stützten mich beim Aufstehen und bugsierten mich direkt hinein. O Gott, war das peinlich! Ich konnte spüren, wie meine Wangen heiß wurden und mein Kopf knallrot anlief.

»Jürgen? Soll ich sie dir noch in dein Zimmer bringen oder nimmst du sie gleich mit? Wir waren gerade auf dem Weg zu dir.«

Im ersten Moment verstand ich nicht, wen sie meinte, doch dann begriff ich langsam, dass dieser Jürgen der Psychologe Herr Maier sein musste, der mich bei dem Gespräch mit meinen Eltern unterstützen sollte. Und ausgerechnet dem fiel ich vor die Füße. Wie peinlich!

»Lass gut sein, Gerlinde, das schaffe ich gerade noch allein.« Mit diesen Worten setzte sich der Rollstuhl in Bewegung und ich wurde an meinen Mitpatienten vorbei in ein Zimmer geschoben.

»Darf ich jetzt wieder aufstehen?«, fragte ich und drückte mich bereits hoch. Ich hielt es keine Minute länger mehr in diesem Teil aus.

»Nun, wie es aussieht, haben Sie ja bereits entschieden, dass Sie dürfen. Solange Sie mir nicht wieder umkippen, werde ich es Ihnen nicht verbieten. Auch wenn die Reihenfolge ein wenig durcheinandergekommen ist, ich würde mich gerne noch vorstellen. Mein Name ist Jürgen Maier und ich bin Psychologe hier auf Station.« Er streckte mir die Hand hin, die ich kurz schüttelte.»Fee«, sagte ich nur und wippte auf den Ballen hin und her. Mir war die ganze Situation so peinlich und am liebsten hätte ich mich irgendwo verkrochen.

»Ich habe mir schon sagen lassen, dass Sie ungern mit Ihrem Nachnamen angesprochen werden. Möchten Sie sich setzen? Dann können wir alles weitere in Ruhe besprechen.«

Verlegen sah ich mich im Raum um. Neben einem knallroten Sofa, das mich dann doch an Hollywood erinnerte, gab es einen kleinen runden Tisch mit zwei Stühlen, einen größeren mit vier und einen Sessel. »Wohin soll ich mich denn setzen?«

»Suchen Sie es sich einfach aus, Fee. Sie dürfen überall sitzen, außer an meinem Schreibtisch.« Er lächelte wieder. Seine Stimme war dunkel und beruhigend.

»Wirklich überall?«, hakte ich noch einmal vorsichtig nach. Als er nickte, lief ich schnurstracks auf die Tür zu. Direkt davor ließ ich mich auf dem Boden nieder, lehnte mich mit dem Rücken dagegen und zog die Knie an.

Herr Maier hob erstaunt die Augenbrauen. »Ist das denn bequem?«

»Ja. Ich sitze gerne auf dem Boden. Das gibt mir ein Gefühl von Sicherheit«, versuchte ich zu erklären.

»Erdung«, bestätigte er meine Worte. »Ein sehr gutes Konzept. Damit können wir prima weiterarbeiten.«

Es dauerte einen Moment, bis mein Kopf verstehen wollte, dass er mich gelobt hatte, dann lächelte ich vorsichtig. Vielleicht machte ich ja doch nicht alles falsch.

20. Kapitel - Markus

Bereits kurz nach acht stand ich vor dem Eingang der Klinik. Offiziell war am Vormittag Besuchsverbot, aber ich hatte extra noch einmal angerufen. Gerlinde hatte mich gebeten vorbeizukommen. Einerseits, weil sie wollte, dass Fee für das anschließende Gespräch mit ihren Eltern über frische Klamotten verfügte, damit sie sich nicht noch unwohler fühlte. Andererseits aber auch, weil sie dachte, dass sie einen Freund zur Unterstützung brauchen konnte.

Einen Freund? Mich. Die ganze Situation wirkte immer noch bizarr. Vor achtundvierzig Stunden hatte ich das Mädchen nur vom Sehen gekannt und mich nicht die Bohne für sie interessiert. Jetzt wurde ich bereits als ein Freund gehandelt und sollte sie bei diesem Krisengespräch unterstützen. Gestresst fuhr ich mir durch die langen Haare. Der

Pferdeschwanz, der meine Lockenmähne ursprünglich zusammengehalten hatte, war inzwischen vollkommen zerrupft. Ich löste den Haargummi heraus, ließ ihn in der Hosentasche verschwinden und schüttelte dann noch einmal die Haare aus, ehe ich die Klingel drückte.

Die ganze Freundeskiste konnten wir später klären. Jetzt musste ich erstmal ihre Tasche abgeben und den Termin überstehen. Vielleicht will sie mich ja gar nicht dabei haben, hoffte ich im Stillen. Die Situation überforderte mich immer mehr. Alle hatten so edle Vorstellungen von mir und meinen Absichten, aber ich war sicherlich alles andere als das. Zum Glück öffnete sich in diesem Moment die Tür und Gerlinde begrüßte mich gut gelaunt.

Als ich die Station betrat, kam Fee gerade aus dem Psychologenzimmer. Obwohl sie kalkweiß war und man ihre Anspannung schon von Weitem sah, wirkte sie dennoch gefasst. Egal, was Herr Maier gesagt hatte, er verstand es, zu zaubern. Selbst für die kleinen Dinge, die für mich immer selbstverständlich gewesen waren, dass sie funktionierten, hatte er mich gelobt.

Niemand dachte darüber nach, was es für eine Leistung war, jeden Tag pünktlich aufzustehen und in die Schule zu gehen. Dennoch, gerade, wenn es einem nicht gut ging und man sich nur mehr hinquälen musste, konnte man stolz auf sich sein, dass man es schaffte. Der Psychologe hatte in so vielen Bereichen meinen Blick auf die Welt verändert und es schien, als wäre er bereits dabei, auch Fee‘s zu ändern.»Guten Morgen. Entschuldige bitte, dass ich deine Tasche erst jetzt bringe. Ich bin einfach eingeschlafen«, begrüßte ich sie und breitete die Arme ein wenig aus. Sie sollte selbst die Möglichkeit haben zu entscheiden, ob sie körperliche Nähe wollte. Wortlos flog sie mir in die Arme und schmiegte sich an mich. Ihre Reaktion verwirrte mich, denn mehr als eine kurze Umarmung hatte ich nicht erwartet. »Danke für die Klamotten«, hauchte sie gegen meine Brust und trat dann einen Schritt zurück.

»Sag mal, Herr Maier hat gesagt... , also... , er hat gesagt ...«, druckste sie herum und sah zu Boden.

»Was denn? Erzähl ruhig«, ermunterte ich sie, obwohl ich es mir genau denken konnte.

»Er hat gesagt, dass du mitkommen würdest zu dem Gespräch mit meiner Mum, wenn ich dich frage. Würdest du denn?«, bestätigte sie meine Ahnung. Ich seufzte.

Wie könnte ich ‚Nein‘ sagen? Selbst wenn ich am liebsten gegangen wäre, sie brauchte mich jetzt. »Na klar, komm ich mit«, antwortete ich daher und lächelte schief.

»Bist du dir sicher, dass du das möchtest?«

Offensichtlich war Fee meine Unsicherheit aufgefallen. Hier ging es aber nicht darum, was ich wollte, sondern um das, was richtig war. Meiner Mutter hatte ich nicht helfen können, aber bei ihr konnte ich es.

»Ja. Du solltest das nicht allein machen müssen. Herr Maier muss für beide Seiten da sein und auch, wenn er deine Interessen vertritt, so muss er auf die Bedenken deiner Eltern ebenfalls eingehen. Dabei fühlt man sich ganz schön mies.«

Sie nickte und schlang die Arme um ihren Körper. Ihre Nerven lagen blank und noch musste sie eine Viertelstunde aushalten, bis das Gespräch begann. »Wollen wir deine Sachen noch schnell ins Zimmer bringen?«, unternahm ich einen Versuch sie abzulenken. Wortlos ging sie voraus. Ich hob die Tasche auf und folgte ihr.

21. Kapitel – Fee

Kaum waren wir in meinem Zimmer verschwunden, hörte ich bereits die hysterische Stimme meiner Mutter auf dem Flur. Sie schimpfte auf irgendjemanden ein und war mal wieder nicht zu beruhigen. Wie immer. Wenn sie sich erst einmal in Rage geredet hatte, hielt man am besten den Mund und wartete, bis sie sich ausgetobt hatte. Nur leider war das heute wohl keine Option.

Ob Herr Maier sie tatsächlich besänftigen konnte? Zumindest hatte ich ihn vorgewarnt und auch die Pfleger mussten ihm wohl vorher schon sehr eindringlich geschildert haben, wie ihr Besuch am Vortag verlaufen war.

Schnell öffnete ich die Tasche und fischte ein paar saubere Klamotten heraus, mit denen ich im Bad verschwand. Wenn meine Mutter mich mit den miefenden Kleidern von vorgestern antraf, würde sie erst recht toben. Behelfsmäßig kämmte ich meine Haare mit den Fingern. Bürste, Waschzeug und andere Hygieneartikel hatte ich vergessen auf die Liste zu setzen. Dann atmete ich ein paar Mal tief durch und ging zurück zu Markus.

Dieser hatte in der Zwischenzeit meine Tasche in einen Schrank gestellt, der mir zuvor gar nicht aufgefallen war. Gerade drehte er den Schlüssel herum und hielt ihn mir entgegen. »Hier, steck ein. Es ist immer besser alles wegzusperren. Es gibt immer wieder Patienten, bei denen deine Sachen auf einmal Beine bekommen«, warnte er.

Ich griff nach dem kühlen Metall und ließ es in meine Hosentasche gleiten. In diesem Moment wurde die Zimmertür auch schon schwungvoll aufgerissen.

»Fee, was soll dieses Theater? Pack augenblicklich deine Sachen und komm nach Hause!«, dröhnte mir die Stimme meiner Mutter entgegen, noch ehe ich sie sah.

Zitternd saß ich kurz darauf in Herrn Maiers Zimmer. Mum tobte schon wieder, weil er darauf bestand, dass sich alle auf den Boden setzten. Ein Gespräch auf Augenhöhe war der Plan. Niemand sollte auf den anderen herabsehen.

Ich selbst lehnte mich wieder mit dem Rücken

gegen die Tür und versuchte möglichst hinter meinen Knien zu verschwinden. Nur mit Mühe hatte Gerlinde meine Mutter vorhin aus dem Zimmer bugsieren können. Ein paar Minuten später wurden Markus und ich geholt. Da Mum zumindest vorübergehend die Klappe hielt und mich nur wütend anfunkelte, ging ich davon aus, dass man mit ihr geredet hatte. Leider hielt die Ruhe nicht lange an, denn kaum hatte sie erfahren, dass sie mit ihrem teuren Hosenanzug auf einem ordinären Fußboden sitzen und den hellen Stoff am Ende einschmutzen sollte, flippte sie wieder aus. Mit großen Gesten und lauter Stimme redete sie auf den Psychologen ein und verlangte, dass ich mich gefälligst an den Tisch setze.

Irgendwann hatte Herr Maier von dem Theater genug. »Frau Erpel, es reicht. Setzen Sie sich hin, wir wollen anfangen. Wenn Sie nicht endlich ein bisschen Vernunft zeigen, kann ich Fee ohnehin nicht gehen lassen. So aufgebracht wie Sie sind, könnte ich das nicht verantworten. Noch einmal, setzen Sie sich!«, donnerte er und meine Mutter prallte zurück. Sie war es nicht gewohnt, dass sich irgendwer traute, ihr Kontra zu geben und für einen Moment sah man ihr die Verwirrung darüber an. Dann fing sie sich so weit wieder und ließ sich umständlich auf dem Boden nieder.

»Na schön, jetzt sitze ich im Dreck, bist du nun glücklich, Fee? Können wir diese Lächerlichkeit nun endlich beenden und nach Hause gehen?« Obwohl sie sich bemühte ihre Stimme ruhig und sachlich zu halten, klangen Wut und Ärger aus jeder Silbe. Das hier entsprach einfach nicht ihren Vorstellungen von einer tollen Tochter.

Na ja, aber wenn ich ehrlich war, hatte ich dies ohnehin nie getan. Im Kindergarten wollte ich weder rosa Kleidchen noch Puppen, in der Grundschule las ich lieber Detektivgeschichten statt Ballettstunden zu nehmen. Als Teenager fand ich Shoppen dämlich und machte mich lieber im Reitstall dreckig. Dazu noch meine schreckliche Musik, die schwarzen Kleider, mein Make-up und meine Vorliebe für diese brotlose Kunst namens Literatur. Einfach alles, was ich war und was mich ausmachte, war ihr zuwider. Ständig verglich sie mich mit den anderen Mädchen, die sie traf, und nicht nur ein Mal hatte sie gesagt, dass sie mich gegen, egal welches, tauschen würde, wenn sie könnte. Jedes wäre eine bessere Tochter als ich.

Am Anfang hatten diese Worte noch wehgetan, doch irgendwann akzeptierte ich es. Ich würde es ihr niemals recht machen oder auch nur ihre Liebe zurückgewinnen. In ihrem Lebenskonzept war ich nur ein lästiger Anhang, ein Unfall nach einer durchzechten Partynacht, direkt nach ihrem Staatsexamen, der weder ihren Erwartungen noch ihren Standards entsprach. Meine Oma hatte mir von den wenigen glücklichen Tagen erzählt, als ich ein Baby gewesen war, doch je mehr ich mich entwickelte und am gesellschaftlichen Leben teilnehmen musste, desto mehr verblasste Mutters Liebe. Inzwischen blieben ihr nur noch Scham und eine tief empfundene Abneigung mir gegenüber.

Markus' Ellbogen in meinen Rippen erinnerte mich daran, wo ich mich befand. Während ich mit den Gedanken abgeschweift war, musste das Gespräch weitergelaufen sein. Alle blickten mich an, als erwarteten sie, dass ich etwas sagte. Nur was wollten sie hören?

»Ob du hierbleiben möchtest und warum«, kam mir Markus flüsternd zu Hilfe.

Ich holte tief Luft. Den sanften Einstieg hatte ich ganz offensichtlich verpasst.

»Ja, Mum, ich möchte eine Therapie machen. Mir geht es nicht gut. Ich kann nicht mehr schlafen, werde in der Schule gemobbt und Großmutters Tod ...«, begann ich, wurde aber rüde unterbrochen.

»Lass deine Großmutter aus dem Spiel. Und natürlich geht es dir nicht gut. Du bist ein Teenager, da geht es niemandem gut. Das ist die Hormonumstellung. Dafür brauchst du aber ebenso wenig eine Therapie wie wegen des Mobbings. Zieh dich einfach hübsch an, schmink dich und mach die Dinge, die alle Mädchen in deinem Alter tun. Dann wirst du auch bald Freundinnen haben und keiner wird dich mehr mobben. Stell dir vor, so einfach ist das. Jedenfalls, wenn du nur ein einziges Mal tust, was ich dir sage!«

Ich spürte, wie Markus, der inzwischen meine Hand in seine genommen hatte, zusammenzuckte. Ihr Verhalten musste auf ihn schrecklich wirken. Auch Herr Maier hatte die Augen zwischenzeitlich aufgerissen und ergriff das Wort. »Stopp! Frau Erpel, so geht das nicht. Wir hatten doch bereits vorhin besprochen, dass wir sachlich bleiben möchten.«

»Ach, hören Sie doch auf. Sie wollen doch nur, dass meine Tochter hier bleibt, damit Sie an ihr verdienen. Wenn wir jeden Jugendlichen wegen ein paar kleinen Stimmungsschwankungen in die Irrenanstalt einweisen, wären die Schulen leer und alle würden sich hier nur einen faulen Lenz machen. Aber nicht mit mir. Ich kenne meine Rechte. Solange ich nicht zustimme, können Sie überhaupt nichts machen. Ihre Klinik kann schon froh sein, dass ich sie für die letzten vierundzwanzig Stunden nicht nach Strich und Faden verklage.« Ihre Stimme überschlug sich inzwischen und begann immer mehr zu kreischen. So war es immer, wenn jemand es wagte, gegen ihr äußerlich so perfektes Familienbild zu sprechen. Probleme gab es bei uns nicht. Fehler machten nur die anderen. »Frau Erpel, jetzt beruhigen Sie sich bitte. Zum einen verdiene ich in der Klinik ein Festgehalt und es ist vollkommen gleich, wie viele Patienten ich betreue. Zum anderen haben wir Ihnen bereits gestern erklärt, dass es einen Unterschied macht, ob ein Teenager hormonelle Stimmungsschwankungen hat oder ob er versucht hat, sich das Leben zu nehmen. Sie sind doch eine kluge Frau und niemand will Ihnen etwas Böses. Warum geben Sie Fee nicht wenigstens die Chance, ihre Sicht der Dinge darzulegen?«

Nun verstand ich, was Markus mit der neutralen Sicht gemeint hatte. Auch wenn ich wusste, dass Herr Maier meine Mutter nur überzeugen wollte, so war es doch ein blödes Gefühl zu sehen, wie er bemüht war, Verständnis für sie aufzubringen, während sie Gift und Galle spuckte.

»Schluss jetzt, habe ich gesagt. Es gibt hier nichts mehr zu reden. Fee hatte ihre Chance ihre Probleme darzulegen. Nur leider kann ich keine erkennen. Hormone und ihre eigene Unfähigkeit sich zurechtzumachen, mehr ist da nicht. Und nun beweg dich, Fee. Ich habe schon mehr als genug Zeit hier verschwendet. Nachher muss ich noch zum Gericht und ich möchte wegen dieses Affentheaters hier nicht zu spät kommen.«

Sie rappelte sich bereits umständlich hoch, als Markus meine Hand losließ und neben mir in die Höhe schoss. Den Kopf knallrot, die Gesichtsmuskeln angespannt, baute er sich direkt vor meiner Mutter auf, die neben ihm winzig wirkte.

»So nicht! Ich habe lange genug die Schnauze gehalten. Aber Sie sind einfach eine verantwortungslose, eingebildete Pute und ich werde sicherlich nicht dabei zusehen, wie sie ihre Tochter ins Grab treiben.«

22. Kapitel - Markus

Am liebsten hätte ich dieses dumme Weib geschüttelt, aber damit tat ich niemandem einen Gefallen. Herr Maier war inzwischen auch aufgesprungen, um vorsichtshalber dazwischen zu gehen. Gerade jedoch wirkte er ganz so, als würde er mich mal machen lassen, solange ich gewisse Grenzen nicht überschritt.

»Wie hast du mich genannt? Würdest du das bitte zusammen mit deinen Personalien noch einmal wiederholen? Die Anzeige wird dir die Tage zugestellt!«

Bei diesen Worten platzte mir endgültig der Kragen. Wie konnte man so eine ignorante Kuh sein? Sie störte sich kein bisschen an dem, was ich gesagt hatte. Es ging ihr nur ums Prinzip. Ich konzentrierte mich für einen Moment auf meine Atmung, sammelte mich, um nicht loszuschreien, und legte mir die nächsten Sätze zurecht.

»Meinetwegen zeigen Sie mich an. Das ist mir vollkommen gleich. Markus Bauer, Am Roten Holz 15, hier vor Ort. Machen Sie damit, was Sie möchten, aber lassen Sie Ihre Tochter zufrieden. Fee bleibt hier! Sie wollen sie mitnehmen? Kein Problem. Ich finde sicherlich einen Reporter, der großes Interesse daran hat, die Frau Staranwältin so richtig schön bloßzustellen. Ein Exklusivinterview mit einem Beteiligten bekommt er ja. Jugendamt und Polizei sollten sich auch dafür interessieren, denn unterlassene Hilfeleistung und Verletzung der Fürsorgepflicht gegenüber Schutzbefohlenen sind keine Kavaliersdelikte. Das wissen Sie selbst am besten.« Je länger ich sprach, desto gefährlicher und drohender wurde meine Stimme. Fee‘s Mutter erbleichte. Mit einem solchen Angriff hatte sie nicht gerechnet.

Endlich machte sich die ganze Recherche bezahlt, die ich während meines eigenen Klinikaufenthalts betrieben hatte. Damals wollte ich meinen Vater unbedingt fertig machen für alles, was er mir angetan hatte. Letztlich verzichtete ich darauf, denn damit war auch niemandem geholfen.

»Haben wir uns nun verstanden?«, hakte ich nach und klang dabei so fies, dass ich mir selbst ein wenig Angst machte. Frau Erpel rang die Hände, setzte immer wieder zu Protesten an und blieb am Ende dennoch stumm. Als sie dann doch eine Antwort zischte, zog sich mein Herz zusammen. So viel Hass hatte ich noch nie von einer Mutter gehört. »Wissen Sie was, tun Sie doch, was Sie wollen. Soll Madame eben hierbleiben, die Schule schwänzen, faul sein und diesen Taugenichts«, dabei blickte sie geringschätzig zu Herrn Maier, »mit ihren eingebildeten Wehwehchen volljammern. Falls die feine Dame irgendwann auf die Idee kommt, etwas aus sich und ihrem Leben zu machen, darf sie sich gerne bei mir melden. Wo muss ich diese Farce unterschreiben? Für mich ist diese Angelegenheit damit beendet. Nochmal sehen Sie mich hier nicht!« Dann sah sie mir direkt in die Augen. »Und du Bürschchen wagst es ja nicht, irgendeine Verleumdungskampagne gegen mich zu starten, sonst überziehe ich dich mit Klagen, dass dir Hören und Sehen vergeht.«Die Alte hatte den Schuss echt nicht gehört. Am liebsten hätte ich ihr eine gepfefferte Antwort an den Kopf geworfen, als hinter meinem Rücken die Tür ins Schloss knallte.

Fee!

Wie schrecklich mussten die Worte für sie gewesen sein. Mit einer Kopfbewegung forderte Herr Maier mich auf, ihr zu folgen.

23. Kapitel – Fee

Ich brauchte frische Luft. Jetzt sofort. Meine Schritte hämmerten über den PVC und fast hätte ich Gerlinde umgerannt, die mich am Arm festhielt, bevor ich weiterlaufen konnte.

»Was ist denn los, Mädchen? Was hat deine Mutter angestellt?«

»Darf ich in den Park? Bitte! Ich muss hier raus«, würgte ich hervor und sie nickte.

»Warte einen Moment, ich komme mit.« Eilig wuselte sie ins Stationszimmer und unterhielt sich kurz mit zwei anderen Pflegern. Dann kam sie zurück, jedoch nicht, ohne irgendwoher eine Tafel Schokolade gezaubert zu haben.

»Na komm, lass uns gehen. Nicht, dass deine Mutter uns noch hinterherläuft.« Lächelnd hakte sie sich bei mir unter und führte mich nach draußen.

Wir setzten uns auf eine Bank und schwiegen. Obwohl die Sonne schien, fröstelte mich. Das Wetter Anfang November war trügerisch und meine Jacke lag im Zimmer. Gerlinde öffnete raschelnd das Papier und hielt mir die Schokolade hin. »Nimm dir ein Stück, Fee. Schokolade ist gut für die Seele.«

Ich wollte ablehnen, doch sie ließ es nicht zu.

»Keinen Widerspruch. Versuch es zumindest. Was kannst du schon verlieren?« Mit einem leisen Knacken brach sie die Tafel in Stückchen und reichte mir eines. »Leg es auf die Zunge, schließ die Augen und konzentrier dich nur auf den Geschmack, während sie ganz langsam zergeht«, wies sie mich an.

Das hatte mir echt noch gefehlt. Im Park sitzen und Schokolade essen. Dabei wollte ich einfach nur in Ruhe gelassen werden und am liebsten hätte ich laut geschrien. Doch als mich die Schwester auffordernd anlächelte, kam ich ihrer Bitte schließlich nach. Zunächst fiel es mir schwer, die Augen geschlossen zu halten und die Süßigkeit ruhig auf der Zunge liegen zu lassen. Schon nach wenigen Sekunden zerkaute ich das erste Stückchen aus einem Reflex heraus und schlug die Augen wieder auf. »Tut mir leid, das habe ich wohl versaut«, sagte ich und hoffte, dass meine Pflicht damit getan war. Schmunzelnd hielt mir Gerlinde ein weiteres entgegen. »Aller Anfang ist schwer. Versuchs noch einmal!«

Ich tat ihr den Gefallen und achtete diesmal darauf, meine Zähne unter Kontrolle zu behalten. Es war eigenartig: Je mehr ich bei mir selbst und bei der Schokolade blieb, desto dumpfer erschienen die Geräusche der Umgebung. Auch das Gespräch rückte immer weiter in den Hintergrund. Meine Atmung wurde flacher, mein Herzschlag ruhiger. Alles in allem hatte ich meine Aufmerksamkeit sicherlich nur für weniger als eine halbe Minute in mich selbst gelenkt, doch das Ergebnis war verblüffend.

Allerdings fühlte ich mich auch erschöpft. Es war anstrengend so ganz bei sich zu bleiben und sich nicht ablenken zu lassen. Auf diese Art funktionierten wir Menschen normalerweise nicht. Alles um uns herum war laut und schnell. Niemand nahm sich Zeit, um innezuhalten und in sich hineinzuhören. Es war einfacher auf das permanente Rauschen um uns herum zu achten, als auf uns selbst.

»Hast du den Unterschied gemerkt?« Gerlinde lächelte wissend. »Was du erlebt hast, heißt Achtsamkeit. Es ist eine ganz grundlegende Sache, die nicht ausschließlich für die Zeit hier wichtig ist. Eigentlich sollte jeder Mensch damit arbeiten. Das mit der Schokolade war nur ein Beispiel. Es gibt eine Menge verschiedener Übungen, die man auch sehr einfach im Alltag durchführen kann. Man muss sich lediglich dafür entscheiden, die Arbeiten, die man verrichtet, die Pausen, die man sich nimmt, bewusst zu machen. Aber es braucht seine Zeit. Achtsamkeit muss man genauso trainieren wie viele andere Sachen, denn auch das bewusste Spüren, Gedankenabschalten und Tun will gelernt sein. Am wichtigsten jedoch ist, dass du die Dinge nicht bewertest. Gut, schlecht, laut, leise, schwach, stark, all das sind nur von Menschen gemachte Muster, die während der Achtsamkeit beiseite gelassen werden.« Aufmerksam hatte ich ihr gelauscht, aber jetzt schwirrte mir der Kopf. Die Schwester zwinkerte mir verstehend zu. »Ein wenig viel auf einmal, nicht?«

Ich nickte. Meine Therapie hatte offensichtlich begonnen.

24. Kapitel - Markus

Als ich Fee weder in ihrem Zimmer noch im Gemeinschaftsraum oder sonst irgendwo auf der Station finden konnte, stürzte ich nach draußen. Hoffentlich war sie nicht weggelaufen. Verdenken konnte man es ihr nicht bei so einer Mutter.

Allein der Gedanke an diese Frau ließ die Ader auf meiner Stirn anschwellen. Aber ich hatte auch eine Information bekommen, die vielleicht eines der fehlenden Puzzleteile für Fee‘s Suizidversuch war. Sie hatten von einer Oma gesprochen oder na ja, zumindest wollte Fee davon sprechen. So heftig wie ihre Mutter darauf reagierte, war da mit Sicherheit etwas faul. Bei Gelegenheit sollte ich dieses Thema noch einmal vorsichtig anschneiden. Jetzt kam es erst mal auf meine To-do-Liste und ich musste Fee finden.

Suchend wanderten meine Augen durch die

Grünanlage, die um diese Jahreszeit seltsam verlassen wirkte. Nur auf einer Bank saßen zwei Leute und unterhielten sich. Ich trat ein Stückchen näher heran und erkannte Gerlinde zusammen mit Fee. Gott sei Dank, sie war noch hier!Erleichtert atmete ich auf. Die beiden schienen sehr vertieft in ihre Sache zu sein, denn sie bemerkten mich nicht. Um nicht zu stören, ging ich zurück zur Station. Warten konnte ich auch in Fee‘s Zimmer.

Dort angekommen ließ ich mich auf den Boden gleiten, verschränkte meine Beine im Lotussitz und schloss die Augen. Meditation war ein wichtiger Bestandteil meines Therapiekonzepts gewesen. Laut der Therapeutin hatte sie unzählige Wirkungsweisen, doch für mich war vor allem entscheidend, dass ich dadurch ruhiger wurde, mich weniger von negativen Gefühlen leiten ließ und gelassener auf Provokationen reagierte. Obwohl ich die täglichen Übungen inzwischen häufig vernachlässigte, gab es keinen besseren Augenblick, um wieder damit anzufangen. Fee‘s Mutter hatte mich aus meiner inneren Ruhe gebracht und aggressiv werden lassen. Ich wollte dem dringend entgegenwirken. Die letzten Tage hatten mein seelisches Gleichgewicht ohnehin sehr durcheinandergewirbelt.

Summend stimmte ich ein sanftes Mmmmmhhh an, welches immer leiser wurde und schließlich im Raum verklang. Davon jedoch bekam ich nichts mehr mit. Ganz in mich selbst versunken, gestattete ich meinem Sein sich zu sortieren.

Erst als die Tür wenige Minuten später ins Schloss fiel, blickte ich auf, direkt in Fee‘s Gesicht. »Oh, du bist ja noch da«, wunderte sie sich. »Ich hatte vermutet, dass du, nach der Nummer mit meiner Mutter, lieber abhaust. Entschuldige, dass sie sich immer so aufführt. Sie meint es halb so böse.«

Wir wussten beide, dass diese Worte nicht der Wahrheit entsprachen, doch ich tat ihr den Gefallen und ließ es so stehen. Es brachte nichts, wenn wir uns jetzt wegen dieser blöden Schnepfe in die Haare bekamen.

»Danke, dass du ihr die Meinung gesagt hast, sonst hätte sie sicher nicht eingelenkt, aber bitte halse dir keinen Ärger mit ihr auf. Sie hat einen Heidenspaß daran, Leute für weit weniger durch sämtliche Instanzen zu klagen.«

Es war unglaublich. Wenn mir gestern jemand erzählt hätte, dass Fee und ihre Mutter verwandt sind, hätte ich ihn ausgelacht. Wie konnte es sein, dass ein so herzlicher Mensch, der sich stets um andere sorgte, von so einem Scheusal abstammte?

»Schon gut. Deine Mum ist einfach schrecklich und sie erinnert mich sehr an meinen Vater. Der hat keinen Deut anders reagiert, als er zum Einweisungsgespräch geladen wurde. Aber lass uns lieber an schönere Dinge denken. Du hast es überstanden und darfst bleiben, der Rest ist doch nicht mehr wichtig«, schlug ich vor und war erleichtert, als sie nickte.

»Lange darf ich allerdings nicht mehr hier sein. Jetzt, wo geklärt ist, dass du erstmal für eine Weile einziehst, werden sie dir sicher bald deinen Therapieplan geben und du kannst loslegen. Soll ich dir bei meinem nächsten Besuch etwas mitbringen?« Dass sie weder eine Bürste noch sonstige Utensilien fürs Bad besaß, war mir vorhin schon aufgefallen und ihre Mutter würde das nicht ändern. Das hatte sie ja sehr deutlich gemacht.

»Ginge es denn, dass du noch einmal zu mir nach Hause gehst und ein paar Sachen holst? Mein Vater ist unter der Woche sowieso nie da und die paar Tage, die Mum im Jahr vor neunzehn Uhr heimkommt, kann man an einer Hand abzählen.«

Schon wieder zu ihr? In eine Drogerie wäre mir lieber gewesen. Dennoch willigte ich ein. »Was brauchst du denn alles? Schreibst du mir auf, wo ich es finde?«

»Aber klar doch. Sag mal, magst du zufällig

Mäuse?«, fragte sie auf einmal mit einer solchen Unschuld in der Stimme, die mich nichts Gutes ahnen ließ. »Hmm, na ja, also«, druckste ich herum. »Eher nicht.«

»Oh, das ist ganz wunderbar, dann könntest du auch noch meinen Beo füttern.«

Ich gab mir wirklich Mühe nicht allzu erstaunt zu wirken. »Du fütterst einen Vogel mit Mäusen?«

»Welchen Vogel?«, verwirrt sah sie mich an. »Oh, ach so. Nein, da hast du mich falsch verstanden. Du sollst keinen Beo füttern, sondern meinen Beo. Der heißt nur so. In Wahrheit ist er eine Boa und total scharf auf Mäuse.«

25. Kapitel – Fee

Ausgestreckt lag ich auf meinem Bett und starrte gegen die Zimmerdecke. Immer wieder gähnte ich vor mich hin. Der Tag war anstrengend gewesen. Kaum hatte ich Markus hinausbegleitet, ging es Schlag auf Schlag.

Zuerst kam Dr. Seiffert und führte das Gespräch vom Vortag mit mir fort. Auch wenn ich sie wirklich gut leiden konnte, diese Fragerei setzte mir zu. Sie wollte lauter Dinge wissen, für die es in ihren Augen nie eine ausreichende Antwort gab. Immer wieder bohrte sie weiter und war einfach mit nichts zufrieden.

»Warum wolltest du dich umbringen, Fee?«, hatte eine dieser Fragen gelautet.

»Weil ich es nicht mehr aushalte!«, hatte ich ihr geantwortet.

»Was hältst du nicht mehr aus?«

»Meine Gefühle.«

»Welche Gefühle hast du denn?«

»Hass, Angst, Verzweiflung, Wut, Trauer.«

»Und was verursacht diese Gefühle?«, hakte sie nach. So ging es scheinbar ewig weiter und als ich das Zimmer wieder verlassen durfte, fühlte sich meine Seele wund an. Als hätte jemand mit einer großen Raspel sämtliche Schutzschichten heruntergehobelt.

Doch eine lange Pause gönnte man mir nicht. Das Mittagessen stand bereits auf dem Tisch. Wobei man von Essen kaum sprechen konnte. Es wurde ein grün-braunes, dickflüssiges Irgendwas aufgetischt, dass sich erst auf Nachfrage als Eintopf mit Erbsen und Linsen entpuppte. Immerhin schmeckte es besser, als es aussah. Zwar nicht nach dem, was es darstellte, aber wenigstens überhaupt.

Im Anschluss ans Essen nannte Gerlinde mir eine Uhrzeit, zu der ich mich am Stationszimmer bei Schwester Anja melden sollte. Dr. Seiffert war gerade dabei, meinen Therapieplan auszuarbeiten und Anja würde ihn mir danach erklären. Ein Blick auf die Uhr verriet, dass mir bis dahin noch etwas mehr als eine Stunde blieb. Darum legte ich mich auf mein Bett, stellte den Wecker und schlief ein wenig.

Als der Piepton mich aus dem Schlaf riss, fiel es

mir schwer, überhaupt aufzustehen. Allein das Gespräch mit meiner Mutter hatte mich mehr geschlaucht als ein ganzer Tag mit Theresas Gemeinheiten. Trotzdem quälte ich mich hoch und schlurfte noch reichlich verpennt zum Stationszimmer. Anja wartete bereits. Ihre quirlige Art konnte einem ziemlich auf den Geist gehen, wenn man noch übermüdet war, aber wenigstens wurde man davon schneller wach. Danach erwies sie sich als unheimlich motivierend und ansteckend.Mein Therapieplan jedoch, der haute mich aus den Socken. Als Außenstehender denkt man ja immer, die Leute tun in Psychiatrien nichts, außer ab und an mal mit einem Psychologen zu reden und irgendwelche schrecklichen Kunstwerke anzufertigen. Der knallbunte Zettel belehrte mich allerdings eines Besseren. Ehrlich gesagt, fragte ich mich eher, ob ich überhaupt noch zum Verschnaufen kam. Ergotherapie, Kunsttherapie, Soziales Kompetenztraining, Backgruppe, Kochgruppe, Musiktherapie, Fitnessgruppe, Tanztherapie, Achtsamkeitsgruppe und dazu Psychologen-, Arzt- und Bezugspflegetermine, einiges sogar mehrmals die Woche. Obwohl sich Anja alle Mühe gab, mir zu erklären, wofür die einzelnen Therapien gut waren, schaffte ich es kaum mir die Hälfte davon zu merken. Bei diesem riesigen Informationszufluss blockierte mein Gehirn irgendwann und machte dicht. Na ja, ich würde es schon früh genug herausfinden.

Im Anschluss an den Termin ging es direkt weiter. Ergotherapie im Gruppenraum. Angeblich gut, um auch die anderen Patienten kennenzulernen. Das hatte denen nur keiner gesagt, denn außer mir und einem sehr netten Ergotherapeuten kam niemand. Wirklich klasse. Also saß ich brav die eineinhalb Stunden ab, kritzelte lustlos vor mich hin und machte irgendwelche Denksportaufgaben und Smalltalk mit. Als ich endlich gehen konnte, war ich froh, dass mir noch eine halbe Stunde Zeit bis zum Abendessen blieb, die ich nutzen wollte, die ganzen Eindrücke zu verarbeiten und mich zu sortieren.

Ich dachte über den Tag nach. Das Gespräch mit meiner Mutter hatte mir vor allem eines vor Augen geführt, nämlich dass ich ihr egal war. Sie vermerkte auf den Papieren genau das, was sie bei Herrn Maier schon gesagt hatte.

Ich durfte bleiben, aber wenn ich entlassen werden wollte, sollte man mich entlassen. Außerdem stellte sie den Ärzten einen Freifahrtschein für jede Art von Medikation aus und stimmte allen Untersuchungen, die im Lauf der Zeit nötig werden könnten, präventiv zu. Mir blieb nichts anderes übrig als zu hoffen, dass alle hier so toll waren, wie Markus es angepriesen hatte, sonst war ich geliefert. Meine Mutter hatte mich mehr oder minder als Versuchskaninchen freigegeben. Bis jetzt wirkte es jedoch so, als hätte er nicht zu viel versprochen. Dr. Seiffert schien wirklich nett zu sein. Obwohl ihre Fragen mich oft an die Grenzen dessen brachten, was ich ertragen konnte, war es ihr auch immer wieder gelungen mich zum Lachen zu bringen.

Das Pflegepersonal, das ich bis jetzt kennengelernt hatte, erwies sich als sehr fürsorglich und ich fühlte mich bei ihnen verstanden und angenommen. Nicht wie eine Krankenakte mit einer Nummer, die man nach Schema F abfertigte.

Herr Maier war ein Fall für sich. Unheimlich freundlich, aufbauend und einfühlsam, allerdings musste man ihm gegenüber jedes Wort mit Bedacht wählen. Schnell registrierte ich, dass bereits eine Floskel oder Randbemerkung ausreichte, um ihn zu Spitzfindigkeiten und genauerem Nachfragen anzustacheln. Natürlich zeigte gerade dieses Gefühl für die leisen Töne des Gesprächs, dass er seinen Job verdammt gut beherrschte.

Der Ergotherapeut war ähnlich gestrickt. Bei der Privatveranstaltung heute hatte ich den Eindruck gewonnen, dass er sehr gerne mit allen möglichen Materialien arbeitete und sie den Leuten schmackhaft machen wollte. Allerdings versuchte er auch die lockere Atmosphäre, welche beim Basteln entstand, dafür zu nutzen, Dinge herauszufinden, die man sonst vielleicht nicht erzählte.

Insgesamt musste ich wohl sehr aufpassen, was ich wann und wie sagte. Zumindest bis ich herausgefunden hatte, wem ich vertrauen konnte.Ob Markus mir da weiterhelfen konnte? Hm, aber wieso Markus? Egal, woran ich dachte, er funkte permanent dazwischen und verlangte Aufmerksamkeit, obwohl er nicht einmal anwesend war.

Ich seufzte. Warum eigentlich? Klar, er war nett und hatte mir geholfen. Außerdem sah er umwerfend aus und war ohnehin der Typ, den jedes Mädchen haben wollte, aber ich doch nicht. Vor einer Woche hätte ich ihn nicht mal für Geld mit einer Kneifzange angefasst und nun hoffte ich im Stillen, dass er mich bald wieder besuchen kam. Es war absolut verrückt. Nein, schlimmer noch, ich war absolut verrückt!

26. Kapitel - Markus

Verflucht nochmal. Nun stand ich schon wieder vor dieser Tür und sollte ungefragt eintreten. Beim ersten Mal war ich bereits heilfroh gewesen, dass man mich nicht erwischt hatte, aber jetzt? Nicht auszudenken, was passierte, wenn Fee‘s Mutter etwas zu Hause vergessen hätte.

Nach der Auseinandersetzung am Vormittag war unerlaubtes Eindringen sicher das Letzte, was sie mir nachsah. Klar würde mich ein guter Anwalt da rauspauken, aber diesen Stress brauchte ich nicht auch noch. Und schon gar nicht wegen einer beschissenen Schlange.

Ja, Fee benötigte ihre anderen Sachen, doch das Füttern kostete mich jede Menge Zeit, in der man mich erwischen konnte.

Wieder sperrte ich die Tür auf und rief in den Hausflur, wieder blieb es still. Obwohl Fee‘s Liste wirklich lang war, stand auch diesmal kein Teil aus dem Erdgeschoss darauf und ich wandte mich gleich zur Treppe. Oben angekommen öffnete ich die zweite Tür auf der rechten Seite. Schon beim Eintreten fiel mein Blick auf ein riesiges Terrarium, das den halben Raum einnahm. Es war in ein schwaches Licht getaucht und zwischen dem Grünzeug hing eine lange Schlange. Das Tier sah beeindruckend aus und mir graute davor, das deckenhohe Konstrukt zu betreten, um eine Maus auszusetzen.

Apropos Maus, suchend blickte ich mich im Zimmer um. Der Käfig mit den Viechern musste auch irgendwo sein. Schließlich entdeckte ich ihn in der Ecke neben der Tür. Aufgeregt trappelten sie darin herum. Allein ihr Gefiepe jagte mir kalte Schauer den Rücken hinunter. Wie sehr ich diese Biester hasste. Vor der Boa hatte ich Respekt, aber die plüschigen kleinen Viecher waren zum Davonlaufen. Angeekelt öffnete ich die Käfigtür und packte voller Abscheu eine Maus am Schwanz.
Nur gut festhalten, beschwor ich mich. Nicht loslassen. Wenn sie wegrennt, dauert es sicher Stunden, sie wieder einzufangen, falls es überhaupt gelingt.

Obwohl die große Tür des Terrariums höchstens fünf Schritte entfernt lag, kam es mir vor, als würde ich ewig brauchen, um sie zu erreichen. Zum Glück steckte der Schlüssel im Schloss, sonst hätte ich ernsthafte Schwierigkeiten bekommen. Mit der Linken sperrte ich auf und trat durch die Öffnung, ehe ich die Tür hinter mir zuzog. Zwei Schritte später kniete ich mich hin und ließ das zappelnde Fellknäuel in meiner Hand los. Dieses schoss voller Panik durch das Schlangenstreu. Während Bewegung in den massigen Leib der Boa kam, schob ich mich rückwärts Richtung Tür. Mit dem Fuß blieb ich an einem der dicken Äste hängen, die im Gehege verteilt lagen. Im letzten Moment schaffte ich es zwar, mich abzufangen, allerdings riss ich mein Hindernis ein gutes Stück zur Seite. - So hatte Fee sich das sicher nicht vorgestellt, als sie mir auftrug, die Schlange in Ruhe und ohne stressige Einflüsse zu füttern. -

Langsam packte ich das Holz und wollte es wieder auf seine ursprüngliche Position legen, um mich danach zurückzuziehen, als ich auf einen durchsichtigen Beutel mit Papierstückchen aufmerksam wurde. Er lag, halb vergraben im Einstreu, an der Stelle, die der Ast zuvor bedeckt hatte. Neugierig grub ich ihn aus und nahm ihn an mich. Dann schob ich das Holz zurück an seinen Platz und verließ das Schlangengehege. Erleichtert atmete ich auf, als ich den Schlüssel wieder drehte.

So schnell brauchte das Vieh hoffentlich kein Futter mehr.

Bei meinem Blick zurück zu Beo, tat mir die Maus für einen Moment fast leid. Ihr Kopf steckte bereits bis über die Vorderpfoten im Maul des Jägers und nur das Hinterteil und der Schwanz schauten noch heraus. Brrr. Wie konnte sich Fee so etwas freiwillig ansehen. Entschlossen drehte ich mich um und verließ den Raum.

Eigentlich sollte ich die Schlange ja beaufsichtigen, bis die Maus ganz vertilgt war, aber ich würde einfach später nachschauen. Mein Magen rebellierte schon jetzt, und wenn ich nicht schnell ging, musste ich auch noch putzen.

Hastig huschte ich in Fee‘s Zimmer und warf die Reisetasche, die ich zuvor im Flur abgestellt hatte, aufs Bett. Dann ließ ich mich ebenfalls darauf fallen und inspizierte neugierig meinen Fund.

27. Kapitel – Fee

Nach dem Abendessen rief mich Anja noch einmal zu sich. Sie händigte mir ein Krisenprotokoll aus und erklärte mir, wie ich es ausfüllen sollte. Am besten bereits heute Abend, damit es Gerlinde morgen früh mit mir besprechen konnte. Direkt nach dem Frühstück. Schöne Scheiße!

Der Zettel lag vor mir auf dem kleinen Tisch in meinem Zimmer, vor dem ich nun saß und den Kugelschreiber angespannt rein- und rausschnalzen ließ. Die Fragen waren der absolute Horror. Was sollte ich denn da schreiben?

»Sei ehrlich. Wenn du flunkerst, klingt es vielleicht schöner, aber dann können wir dir auch nicht richtig helfen«, hatte Anja mir mit auf den Weg gegeben.

Als ob das so einfach wäre.

Was war der Auslöser für Ihren Aufenthalt?

Ich fuhr mir mit der Hand durchs Haar. Was wollten sie denn lesen? ‚Ein vereitelter Suizidversuch' stand bereits da, doch sollte ich noch etwas ergänzen? Vermutlich. ‚Ein Bekannter hat mich danach überredet hierher zu kommen', fügte ich dazu. Ja, das war ehrlich. Sie konnten ruhig wissen, dass ich nie von alleine auf die Idee gekommen wäre herzukommen.

Welche Belastungen gingen dem Auslöser voraus?

Wollte ich das beantworten? Wollte ich wirklich alles aufschreiben, was mir passiert war? War ich bereit über all die Dinge zu reden, die mein Leben in den letzten zehn Monaten zur Hölle gemacht hatten?

‚Mobbing durch Mitschüler' begann ich. Das klang doch schon mal nicht schlecht. ‚Meine Eltern' schrieb ich weiter und blieb dabei schwammig. Herr Maier hatte meine Mutter ja erlebt, da brauchte es sicherlich nicht noch eine Liste aller kleinen und großen Vorfälle zwischen uns. Dann setzte ich den Stift noch einmal an. Meine Hand zitterte und die Buchstaben mischten sich mit einer Träne, die ich nicht rechtzeitig abwischen konnte. ‚Der Tod meiner Oma' stand nun in krakeligen, halbverwaschenen Lettern auf dem Papier.

Nur schnell weiter, bevor meine mühsam errichtete und doch so wackelige Mauer brach. Wenn ich erst einmal richtig heulte, wurde das mit dem Zettel heute nichts mehr.

Gab es Faktoren, die Ihren Zusammenbruch verstärkt haben?

Hätte Anja mir nicht erklärt, was dieser Satz bedeutete, hätte ich keine Antwort gewusst. Doch so war die Frage fast einfach zu beantworten. ‚Schlafmangel, zu wenig gegessen, Dauerstress, ständige Angst, negatives Umfeld, Umzug, Verlust meiner Freunde, Schuldgefühle'. Die Worte reihten sich nur so aneinander und mit jedem wurde mir bewusster, wie kaputt ich eigentlich war.

Was brauchen Sie, damit sich so ein Vorfall nicht wiederholt?

Was ich brauchte? Ich war doch nicht bei einem Wunschkonzert. Natürlich gab es eine Menge Sachen, die mir das Leben erleichtern würden, aber ich konnte ja schlecht mit den Fingern schnippen und dann war alles perfekt. Also nicht, dass ich es nicht schon versucht hätte, aber der Erfolg war leider ausgeblieben.

Je länger ich über diese Frage nachdachte, desto mehr ärgerte sie mich. Schließlich listete ich einfach wahllos die ersten Sachen auf, die mir in den Kopf kamen. ‚Freunde, jemanden, der mich lieb hat, andere Eltern, tolerante Mitschüler' stand da. Doch irgendetwas fehlte da noch. Nur ganz langsam dämmerte es mir.

All diese Dinge, die da auf dem Blatt vor mir ein Zeugnis meiner einsamen Seele ablegten, hatten nur mit anderen zu tun. Aber hatte ich nicht heute erst geübt bei mir selbst zu bleiben? So konnte ich es nicht stehen lassen. Streichen allerdings würde ich es auch nicht.

Was also brauchte ich, das niemand, außer ich selbst, mir geben konnte, damit ich mein Vorhaben nicht doch noch in die Tat umsetzte? Ich musste wirklich lange überlegen und starrte gebannt das freie Feld auf dem Blatt an. Dann setzte ich ganz langsam den Stift darauf und schrieb.

‚Lebenswillen', ja, das war schon ein guter Anfang. ‚Akzeptanz für meine Situation'. Dafür, dass ich sie nicht ändern konnte und auch niemanden anderen zwingen konnte sich zu ändern. Damit würde ich wirklich weiterkommen, aber das

Wichtigste wurde mir erst in dem Moment bewusst, als ich es niederschrieb. ‚Verzeihung‘! Ja, ich musste mir selbst verzeihen. Nur wenn ich dazu in der Lage war, konnte der Tag kommen, an dem ich mich selbst wieder ertrug. Ich unterstrich das Wort mehrmals, malte ein paar dicke Kringel darum und nickte. Ja, es war Zeit meine Probleme anzugehen.

28. Kapitel - Markus

Neugierig drehte ich den Beutel hin und her. Sollte ich wirklich? Wenn er Fee so wichtig war, dass sie ihn bei Beo versteckte, dann würde mir der Inhalt sicherlich einiges über sie verraten. Doch konnte ich Vertrauen so sehr missbrauchen?
Falls sie es herausfand, würde sie es mir vielleicht niemals verzeihen.

Niemals verzeihen? Das klang ja, als wären wir schon unser ganzes Leben lang befreundet und nicht erst seit drei Tagen näher bekannt. Hatte ich nicht irgendwo ein Recht darauf zu erfahren, was mit ihr los war? Ich tat so viel für sie, da durfte ich doch wohl wenigstens wissen, was sie so schrecklich bedrückte. Oder nicht? Unschlüssig sah ich wieder auf die verpackten Papiere. Was da wohl drin stand?

Vielleicht war ich auf dunkle Familiengeheimnisse gestoßen, die Fee vor allen

verbarg. Na ja, eher unwahrscheinlich, aber auf jeden Fall war der Inhalt von Bedeutung. Ach, pfeif drauf! Wenn ich Glück hatte, konnte ich die Informationen nutzen, um besser an Fee heranzukommen. Wenn es schlecht lief, sprach sie nie mehr mit mir, dann wäre es wieder wie bisher. Vorsichtig öffnete ich den wiederverschließ-baren Beutel, griff hinein und ließ die ersten Papiere neben mich aufs Bett fallen. Es war eine bunte Mischung aus allen möglichen Zettelchen. Sie wirkten schon etwas älter, aber man konnte die Schrift darauf noch deutlich entziffern. Bald hatte ich den gesamten Inhalt der Tüte auf dem Bett verteilt und wühlte neugierig darin herum.
Es schienen hunderte Papierchen zu sein, doch schließlich erregte eines besonders meine Aufmerksamkeit. Es war ein gefalteter Bogen aus rotem Seidenpapier, der so edel glänzte, dass man ihn einfach bewundern musste. Vorsichtig klappte ich ihn auf und ein Bild segelte mir entgegen. Es zeigte Fee, die lachend neben einem Pferd posierte. Die Szenerie wirkte, als hätte sie nie etwas anderes gemacht.

Doch warum stand das Foto nicht gerahmt im Zimmer, sondern war im Schlangengehege verborgen? Ich musste mehr darüber erfahren. Sicher würde der Brief Aufschluss geben. Ganz sanft strich ich das Papier glatt und murmelte beim Lesen vor mich hin.

Lieber Blue,

seit neun Jahren sind wir ein gutes Team, aber das ist nun für immer vorbei. Tanja lässt mich nicht mehr in den Stall, ich durfte mich nicht einmal von dir verabschieden. Es ist so schrecklich ungerecht, aber Lydia und Peter haben es geschafft. Sie haben endlich auch den Rest davon überzeugt, dass ich ja nur ein dummes Stück Dreck bin, das keine Ahnung von Pferden hat. Dabei ging es dir so gut. Eigentlich müsste ich mich bei dir entschuldigen, dass ich dich nie wieder sehen darf, doch ich werde es nicht. Alles, was ich getan habe, war es wert.
Ich bin stolz auf jede Dressurstunde ohne Rollkur, jedes Springen ohne Sporen und auf jeden unserer Geländeritte, bei denen wir der Freiheit nachgejagt sind. Das Einzige, was ich bedaure, mein lieber, lieber Blue ist, dass du all das nie mehr haben wirst. Es tut mir leid, dass ich dich im Stich lassen muss, doch gegen die beiden komme ich nicht an.
Ich habe es versucht, doch sie denken, dass sie die Weisheit mit Löffeln gefressen haben und der Rest dieses Reiterpacks glaubt ihnen.

Ich habe dich so lieb, Blue. Bitte verzeih mir.

Deine, dich für immer liebende
Fee

Beklommen blickte ich zurück auf das Foto. Nur mit Mühe schaffte ich es den Kloß, der sich in meinem Hals gebildet hatte, herunterzuschlucken. Auf dem Bild war Fee einige Jahre jünger. Sie trug die Haare ein ganzes Stück kürzer als heute und auch ihre Brust war noch nicht so ausgeprägt.
Wie schrecklich. Fee war so ein nettes Mädchen, doch scheinbar schien ihre introvertierte Art andere geradezu einzuladen, sie zu mobben. Theresa hatte also nicht allein Schuld, so viel stand nun fest. Das Ganze lief schon viel länger und war viel größer, als ich je ahnen konnte. Ein kalter Schauer jagte mir den Rücken hinunter, als ich daran dachte, was ich noch alles finden würde, wenn ich die restlichen Zettel genauer anschaute.

29. Kapitel – Fee

Das Krisenprotokoll hatte mich noch einige Stunden beschäftigt und nun fühlte ich mich wie gerädert. Obwohl ich früh ins Bett gegangen war, hielt mich vor allem die letzte Frage lange wach.

Wie können Sie das Geschehene bei sich und anderen wiedergutmachen?

Die Antwort für mich selbst war sehr einfach, denn ich war hier. Der Klinikaufenthalt, die Therapie, der Kampf um mich selbst war meine Wiedergutmachung an mich. Die Tatsache, dass ich meinem Leben wieder einen Sinn geben wollte, wog mehr, als jede materielle Sache es jemals konnte.

Doch was war mit Markus? Sicher, ich hatte ihn nicht absichtlich in die ganze Angelegenheit hineingezogen, aber so war es nun mal gelaufen.

Ohne zu murren, trug er eine Last für mich mit, die ich ihm ungefragt aufgebürdet hatte. Es war sehr egoistisch von mir, doch in diesem Moment war mir keine andere Wahl geblieben. Alleine hätte ich es nicht mehr auf die Beine geschafft.Nur wie entlohnte man einen süßen Kerl, der alles besaß, was man sich wünschen konnte, dem die Mädchen scharenweise zu Füßen lagen und für den Geld keine Rolle spielte? Da würde sich doch sicher etwas finden lassen. Immerhin war ich auch in seinem Zimmer gewesen. Zwar besaß ich lediglich ein paar verwaschene Erinnerungen an den Abend, aber wenn ich mich anstrengte, gelang es mir sicher, irgendetwas aus dem Raum zu rekonstruieren und einen Anhaltspunkt zu finden. Ich versuchte, mich daran zu erinnern, welche Poster von Basketballern und Metalsängern an den Wänden hingen und ob mir sonst etwas aufgefallen war. Doch schon bald himmelte ich nur noch die Vorstellung eines Markus beim Headbangen an und schlief schließlich ein.

In aller Früh krabbelte ich aus dem Bett und schlüpfte unter die Dusche. Eiskaltes Wasser traf meine Haut und ich hüpfte erschrocken herum, bis es endlich zu dampfen anfing und eine angenehme Hitze abgab. Ich legte den Kopf in den Nacken und ließ mir das belebende Nass übers Gesicht rinnen. Erst als meine Haut bereits krebsrot war, drehte ich den Regler aus und begann mich abzutrocknen.

Das Frühstück verlief ereignislos und ohne wirkliche Nahrungsaufnahme. Obwohl es scheinbar die einzige Mahlzeit war, die auch nur ansatzweise schmeckte, brachte ich keinen Bissen hinunter. Ich war nie ein Frühstückstyp und außerdem fürchterlich aufgeregt wegen des Gesprächs mit Gerlinde. Vermutlich hatte ich ja doch alles falsch gemacht.

Genau das sagte ich ihr wenig später auch, als sie mich darum bat, ihr das Geschriebene vorzulesen.

Sie lächelte mild und winkte ab: »Erinnerst du dich an das, was ich dir gestern bei der Achtsamkeit erzählt habe? Dass es weder gut noch schlecht gibt, sondern man die Dinge ohne Bewertung annehmen soll? Das gleiche gilt für dieses Protokoll. Du hast es gemacht. Wie du zu deinen Antworten gekommen bist und ob diese gut oder schlecht sind, interessiert niemanden. Hauptsache, du bist ehrlich und meinst ernst, was du schreibst.«

Ich nickte bereits während ihrer Worte. »Ja, natürlich.« Dann sammelte ich mich, nahm den Zettel zur Hand und begann meine Antworten zu präsentieren. Anfangs fiel es mir noch schwer, doch je länger ich redete, desto leichter kamen die Worte über meine Lippen. Es war das erste Mal, dass ich all diese Dinge vor jemand anderem aussprach und es tat unglaublich gut.

30. Kapitel - Markus

Nachdem ich am Vortag die Zeit vergessen hatte, weil ich so vertieft in Fee‘s Zettel und Erinnerungen war, dass mich ihre Mutter fast erwischt hätte, widmete ich mich ihnen heute noch einmal in Ruhe. Diesmal allerdings in sicherer Entfernung zu Mäusen und Schlangen jedweder Art. Die Papiere hatte ich ohnehin mitgenommen, denn ein Besuch bei Beo reichte mir fürs erste.

Dennoch fühlte es sich falsch an, ihre Sachen zu durchstöbern. Dieser Beutel war wie ihr persönlicher Schrein des Scheiterns und Versagens. So lange ich auch suchte, ich fand keine einzige Notiz zu einem positiven Ereignis, wenngleich ich noch längst nicht alles gelesen hatte. Doch, um ehrlich zu sein, ich machte mir da keine allzu großen Hoffnungen mehr.

Teilweise lagen die Dinge bereits Jahre zurück wie die Schulaufgabe aus der fünften Klasse, auf die sie eine Sechs bekommen hatte. Irgendwie ließ mich der Eindruck nicht los, dass es eine Kiste der unerledigten Sachen für sie war. Zumindest wirkte es, als ob alles was schlecht lief, zunächst einmal in diesem Beutel landete und auf eine Gelegenheit wartete, dass Fee mit irgendjemandem darüber reden konnte. Nur dieser jemand war bisher nie aufgetaucht.

Nachdenklich griff ich wenig später nach der Tasche und seufzte leise. Heute war Samstag. Die Ferien waren fast zu Ende und ich hatte noch überhaupt nichts für die Schule getan. Eigentlich hatte ich die Zeit dringend gebraucht, um mich auf die schwere Geschichtsklausur vorzubereiten und an meinem Kunstwerk, oder wie auch immer man dieses hässliche Konstrukt nennen wollte, weiterzuarbeiten.

Um meinen angestrebten Abischnitt zu schaffen, musste ich selbst in meinen Hassfächern glänzen. Gerade in Kunst war das alles andere als einfach. Eigentlich sollte ich mich schnellstens auf den Hosenboden setzen und anfangen, doch Fee war momentan einfach wichtiger. Nicht so wichtig, dass ich mir wegen ihr die Zukunft verbauen würde, aber wichtig genug, um zumindest heute noch einmal die

Arbeit hinauszuschieben. Morgen war an einen Besuch ohnehin nicht zu denken, denn unsere Mannschaft hatte ein entscheidendes Turnier. Ein paar Karteikarten mit Geschichtsdaten konnte ich mir da nebenbei auf jeden Fall reindrücken. Na, wenn das nicht schon mal ein Anfang war.

Krachend ließ ich die Tasche in den Kofferraum meines Wagens fallen. Meine Hektik gestern hatte dazu geführt, dass ich mehr Dinge eingepackt hatte, als ursprünglich auf der Liste standen. Sobald ich mir nicht sicher gewesen war, welches Teil das richtige war, hatte ich kurzerhand beide genommen. Ob ich Fee einfach auf den Beutel aus dem Schlangengehege ansprechen konnte? Ich hatte ihn ja rein zufällig entdeckt und nicht danach gesucht.

Überhaupt, wer wühlte schon freiwillig in einem Raubtiergehege herum, wenn eine Boa neben ihm hing? Ich jedenfalls nicht!

Sofern meine Theorie stimmte, würde sie sich freuen, sobald ich ihren ersten Wutanfall ausgehalten hatte. Falls ich mich jedoch irrte, stand mir bald wieder jede Menge Zeit zum Lernen zur Verfügung.

Als ich nach einem Klopfen Fee‘s Zimmer betrat, wirbelte sie mir schon entgegen und umarmte mich. »Hallo Markus.« Sie strahlte förmlich und eine

Welle überbordender Freude und Energie ging von ihr aus.»Hey Fee, schön dich zu sehen. Wie geht's dir? Was war denn so los, seit ich gestern gegangen bin?«

Ich versuchte, positiv und fröhlich zu wirken, doch ihre Laune jagte mir Angst ein. Zu oft hatte ich diese euphorischen Höhepunkte am eigenen Leib erfahren, um ihre Gefährlichkeit zu unterschätzen. Kurze Spitzen, die meistens keine Stunde dauerten, in denen man alles schaffen konnte, alles einen Sinn machte und in denen man sich vor allem nicht krank fühlte. Es ging einem gut und man kostete für einen Augenblick den süßen Hauch der Freiheit, ehe das Tief der Depression einen mit umso größerer Härte erneut traf, in seinen Sumpf hinabzog und jede Hoffnung im Keim erstickte.

Fee's übermütiger Gesichtsausdruck, ihre leichten Bewegungen und ihre Unbeschwertheit ließen mich schlucken. Dieses Bild wollte ich mir bewahren. Selbst wenn es gerade nichts weiter war als eine Laune ihrer Hormone, die grundlos Endorphine ausschütteten, so sah sie einfach wunderschön aus. Ihre Rehaugen strahlten mit ihrem Lächeln um die Wette und eine unwiderstehliche Aura umgab sie. Das hier war Fee. Die echte Fee, die sich unter all den Depressionen und Ängsten verbarg. In diesem Moment lachte sie. Es klang so klar und hell wie der Gesang eines jungen Vogels, der sich über die ersten Strahlen der Frühlingssonne freut. Und da ging mir das Herz auf. So wollte ich sie immer und immer wieder sehen. Dafür würde ich kämpfen.

31. Kapitel – Fee

Mir war gerade danach, die ganze Welt zu umarmen, Markus dagegen sah irgendwie nicht so erfreut darüber aus.

»Ist es nicht toll, wie schnell die Therapie anschlägt? Ich darf bestimmt bald nach Hause«, jubelte ich und fasste ihn an den Händen. Am liebsten wäre ich tanzend mit ihm im Kreis herumgehopst, aber das war dann vielleicht doch eine Spur zu albern. »Wollen wir ein bisschen rausgehen? Frische Luft kann sicher nicht schaden und das Wetter ist so schön. Die Krankenhausluft ist echt ätzend so auf Dauer.«

»Lass uns erstmal deine Sachen auspacken«, widersprach Markus und schob hinterher: »Wenn ich etwas vergessen habe, dann muss ich das doch wissen.«

Irgendwie klang das nach einer ziemlich lahmen Ausrede, aber okay, davon würde ich mir nicht die Laune verhageln lassen. Warum die gerade so gut war, konnte ich zwar selbst nicht sagen, doch vermutlich lag es daran, dass ich weder Mutter noch Theresa und Co. um mich hatte. »Alles klar, dann zeig mal, was du so dabei hast. Wie geht es Beo? Hat er gefressen oder musstest du die Maus wieder einfangen? Er ist ein ganz Lieber, nicht? Und so hübsch!«, sprudelten die Worte nur so aus mir heraus.

»Ähm ja, also gefressen hat er. Die Maus hat ihm scheinbar geschmeckt. Und hübsch ist er auch, aber schon ein bisschen groß, oder?«, kamen seine Antworten wenig begeistert. Er hievte die Tasche aufs Bett und öffnete den Reißverschluss. »Also hier habe ich ganz viel Schminkzeug. Ehrlich gesagt hatte ich keine Ahnung, was man wofür benutzt und noch dazu ist das alles in schwarz und grau. Na ja, ich habe einfach alles eingesteckt«, gestand er, während er soviel Make-up auspackte, dass ich damit locker bis zu den Sommerferien hierbleiben konnte.

Lachend begann ich mich durch die Beautyartikel zu wühlen. »Hier, das kann weg, das bleibt hier und das da kann auch weg.« Nach ein paar Minuten hatte ich immerhin zwei Drittel der

Kosmetika aussortiert und auf einen Haufen geworfen. »Die nimmst du bitte wieder mit. Wenn du nicht zu mir nach Hause willst, leg sie einfach irgendwohin, bis ich entlassen werde. Dann hole ich sie bei dir ab.«

Mit dem übrigen Kram verfuhren wir ebenso. Markus hatte zwar fast meinen kompletten Hausstand eingepackt, dafür zumindest aber nichts vergessen. Während ich alles in dem winzigen Schrank und auf dem Sims im Bad verstaute, räumte er die restlichen Sachen zurück in die Tasche.

Endlich fertig, dachte ich, und jetzt nichts wie raus. »Können wir nun in den Park?«, quengelte ich und wollte ihn an der Hand hinter mir herziehen. Doch er hielt dagegen. »Fee. Mach bitte mal langsam. Bevor wir rausgehen, möchte ich mich noch mit dir unterhalten. Es gibt da zwei Dinge, die wir besprechen müssen und die sind nicht für alle Ohren bestimmt.« Seine Stimmlage gefiel mir ganz und gar nicht. Auch die ernst blickenden Augen ließen nichts Gutes ahnen.

»Na dann, setz dich und erzähl«, forderte ich ihn auf, klopfte einladend aufs Bett und setzte mich selbst im Schneidersitz darauf.

Markus streifte die Schuhe ab und nahm anschließend die gleiche Position ein. »Also wegen morgen. Ich weiß, dass ich dir versprochen hatte, dass ich immer komme, wenn du Besuch empfangen darfst, aber wir haben morgen dieses wichtige Turnier. Mein Trainer war ohnehin schon fuchsteufelswild, dass ich das Abschlusstraining dafür verpasst habe, aber wenn ich morgen nicht auftauche, schmeißt er mich aus dem Team. Ich muss da hin. Verstehst du?«

Ach, wenn es weiter nichts war, dann war alles okay. Für einen Moment hatte ich befürchtet, er würde sagen, dass er genug von mir hatte und nicht mehr wiederkam. Doch wenn es nur um ein Turnier ging, was sollte mich daran stören? Immerhin war ich nur eine Bekannte und nicht seine klettende Freundin. Wobei, was nicht ist, konnte ja noch werden. Natürlich ohne Kletten, aber so süß wie er war, wer weiß?

»Natürlich versteh ich das. Obwohl ich an der Schule nicht dazugehöre, habe ich trotzdem die ganzen Lobeshymnen auf dich und deine Basketballkarriere gehört. Du hast wohl echt Talent. Wäre doch blöd, das wegen eines Besuchs wegzuschmeißen.« Ich lächelte ihn an und fragte: »Wenn das die erste Sache war, was ist dann die zweite? Möchtest du mir erzählen, dass du nächstes Wochenende wieder zum Basketball musst und keinen Besuch machen kannst? Das fände ich zwar schade, aber das ist in Ordnung«, preschte ich vor, um das Gespräch schnell zu beenden und endlich vor die Tür zu kommen. »Also, nein, das ist es nicht. Nächste Woche ist auch ein Spiel, aber nur ein einzelnes und das findet Sonntagmorgen statt. Das ist kein Problem.

Aber ...«, druckste er herum.

»Ja, was denn? So schlimm wird es ja nicht sein«, ermunterte ich ihn.

Markus atmete noch einmal tief durch.

»Ich habe da etwas gefunden. In Beos Terrarium. Eigentlich bin ich über den Ast gefallen und dann lag es da unter der Einstreu. Na ja, und ich war so neugierig, ich habe einen Teil der Zettel auch gelesen.«

Seine Stimme war immer leiser geworden, so dass das klatschende Geräusch meiner Handfläche auf seiner Wange noch lauter wirkte. Meine Stimmung kippte schlagartig. Nein, es war nicht schlimm. Es war schlimmer.

32. Kapitel - Markus

Erschrocken hielt ich mir die Wange. Mit so einer heftigen Reaktion hatte ich nicht gerechnet. Ich widerstand dem Impuls einfach aufzuspringen und wütend zu gehen. Dass ich Mist gebaut hatte, stand außer Frage, und diesen musste ich nun auslöffeln.

Gerade wollte ich mich noch einmal erklären und ihr sagen, wie leid es mir tat, da ließ Fee sich einfach zurückfallen. Sie rollte sich ein, schlang die Arme um ihre Brust und weinte. Da war er, der Zusammenbruch. Natürlich hatte ich ihn beschleunigt, aber er wäre unweigerlich gekommen. Ihr ganzer Körper bebte und Tränen tränkten ihr Haar.

Ich legte meine Hand auf ihre Schulter und streichelte diese vorsichtig, doch sie reagierte nicht auf die Berührung. Auch als ich sie ansprach, blieb jede Reaktion aus. Sie schien nicht einmal wahrzunehmen, dass ich überhaupt in ihrer Nähe war. Panik ergriff mich und ich wollte Hilfe holen. Aber ich konnte sie so nicht alleine lassen. Hektisch suchte ich nach dem roten Knopf, der sich an jedem Bett befand und die Pfleger alarmierte.Wenig später steckte Anja besorgt den Kopf durch die Tür.

»Habt ihr geklingelt?«, fragte sie, doch ein Blick auf Fee machte meine Antwort überflüssig.

»Was ist denn passiert?«, verlangte sie zu wissen, während sie probierte, Fee irgendeine Reaktion zu entlocken. Zerknirscht beichtete ich ihr alles, ließ aber auch das Hochgefühl nicht aus, das so rapide gekippt war.

»Es ist okay, Markus«, versuchte sie, mich etwas zu beruhigen.

»Fee leidet an dissoziativen Störungen. Dr. Seiffert hatte diesen Verdacht bereits, als sie von ihrem Suizidversuch gesprochen hat. Bleibst du kurz bei ihr, falls sie zu sich kommt? Ich hole im Stationszimmer ein wenig Amola.« Damit verschwand sie aus dem Raum.

Dissoziationen waren mir selbst nie widerfahren, doch ich hatte sie sehr wohl bei anderen Patienten kennengelernt. Extremer psychischer Stress war in der Regel die Ursache. Gerade bei Traumapatienten reichte manchmal schon ein falsches Wort, ein bestimmter Geruch oder ein spezielles Geräusch und sie fielen in diese Zustände. Sie waren dann nicht mehr ansprechbar, konnten nicht auf ihre Umwelt reagieren und oft entstanden Erinnerungslücken, wenn sie daraus erwachten. Andere erzählten, dass sie neben sich standen und sich selbst beobachteten oder dass sie zwar bei sich waren, aber ihren Körper nicht mehr kontrollieren konnten.

Mich hatte dieses Phänomen immer gleichermaßen fasziniert wie geängstigt. Doch zumindest gab es gute Therapiemöglichkeiten, die allerdings auch ihre Zeit dauerten. Zuerst musste man lernen, das Eintreten eines solchen Zustands frühzeitig zu erkennen und danach dem Gehirn beibringen, auf diese Reize anders zu reagieren. Ich stellte mir das unglaublich hart vor, denn ich wusste aus eigener Erfahrung, dass es schon beim Sport schwierig war, eingeschliffene Fehler auszubügeln. Doch wie schwer musste es erst sein, wenn man keine bewussten Handlungen verändern sollte, sondern sein Unterbewusstsein?

»Ach, meine liebe Fee. Was machst du nur? Ich wollte dich nicht so treffen. Es tut mir leid«, flüsterte ich ihr ins Ohr. Sanft streichelte ich weiterhin ihren Arm, nur für den Fall, dass sie doch irgendwo war. Sie sollte sehen, dass ich sie nicht alleine ließ. Allerdings beachtete ich auch die

goldene Regel des Abstands. Nicht wenige erwachten aus einer Dissoziation und waren noch halb in einem Strudel aus Erinnerungen gefangen, die nichts mit der aktuellen Situation zu tun hatten, aber sie dazu veranlassten sich zu wehren. Stand man zu nah an ihnen dran, konnte man schon einen Schlag abbekommen haben, bevor die Leute überhaupt realisierten, wo sie waren.
Endlich kam Anja zurück und bat mich, von Fee wegzugehen. Dann öffnete sie ein kleines Fläschchen, aus dem der stechende Geruch einer Mixtur aus Ammoniak und Lavendel herausdrang. Dieses hielt sie Fee unter die Nase und ließ sie einatmen. Sofort ruckte Fee‘s Kopf zurück.

Es war ein krasses Mittel, doch in ihrem Zustand halfen oft nur extreme Reize. Allerdings würde ich mir so etwas niemals nach Hause holen. Die Inhaltsstoffe waren gefährlich und es war sicher nicht gesund, es einzuatmen. Manchmal jedoch musste man kontrolliert den kleineren Schaden in Kauf nehmen, bevor ein größerer entstand.

Ich seufzte. Da waren sie wieder. Meine Psychologiebücher. Gerade in emotionalen Ausnahmesituationen gaben sie mir die nötige Rationalität, um einen klaren Kopf zu behalten. Doch jetzt setzte ich mich zu Fee, der Anja erklärte, was passiert war, und bot ihr meinen Arm an. Mit einem Lächeln lud ich sie ein, sich an mich zu lehnen, und war unendlich froh, als sie es tat und meine Nähe annahm.

33. Kapitel – Fee

Erschöpfung. Vollkommene Erschöpfung. Mehr als dieses Gefühl brachte ich nicht zustande. Anjas Worte ergaben so viel Sinn. Es war nicht das erste Mal, dass ich auf einmal abdriftete. Wenn ich zu mir kam, war ich jedes Mal ausgebrannt, als hätte ich einen Marathon absolviert. So lange hatte ich mir gewünscht, eine Erklärung für diesen Zustand zu finden, nun jedoch würde ich sie am liebsten wieder vergessen.

Dissoziative Störung. - Das klang einschüchternd und schlimm. Doch ich durfte nicht einfach aufgeben. Auch, wenn immer mehr Baustellen ans Licht kamen, so hatte ich es mir selbst versprochen, um mich zu kämpfen. Aufgeben, bevor ich damit überhaupt angefangen hatte, stand definitiv nicht zur Diskussion. Allerdings war ich im Augenblick sehr froh, dass Markus hier war und ich mich anlehnen konnte. Das Letzte, woran ich mich wage erinnerte, war eine Meinungsverschiedenheit zwischen uns. Worum es genau ging, lag wie die nachfolgenden Minuten im Nebel.

»Markus?« Eigentlich hatte meine Stimme fragend klingen sollen, doch mehr als ein heiseres Kratzen kam nicht aus meiner Kehle.

»Ja, Fee?«

»Warum haben wir gestritten?«

Ich spürte, wie er schluckte, bevor er antwortete.

»Um ehrlich zu sein, habe ich Mist gebaut und dein Vertrauen missbraucht. Der Beutel in Beos Gehege.«

Mein Herz schnürte sich wieder zusammen, doch seine Stimme klang so schuldbewusst und zerknirscht, dass ich ihn diesmal anhören wollte.

»Wenn du die Zettel gelesen hast, was denkst du jetzt? Vermutlich bin ich für dich nun eine ziemlich durchgeknallte Verrückte, die zu sehr in ihrer Vergangenheit lebt«, provozierte ich halbherzig. Vielleicht ließ er sich zu einer ungeschönten Antwort hinreißen und ich erfuhr, woran ich war. Stattdessen schloss er die Arme enger um mich und zog mich ganz nah zu sich heran.

»Was redest du nur immer. Du bist weder durchgeknallt noch verrückt. Du hast ein paar

Probleme, aber nichts, was sich nicht lösen lässt.« Dann berührten seine Lippen meinen Scheitel und küssten ihn sanft. »Wenn ich darf, würde ich dir gerne erzählen, was ich wirklich über deine Zettel denke«, wisperte er. Sein Atem strich dabei sacht durch mein Haar, während ich dem Prickeln auf meiner Kopfhaut nachspürte. Mit einem winzigen Nicken stimmte ich zu. Aufmerksam lauschte ich seinen Worten und staunte immer mehr. So viel Gespür für Menschen hatte ich ihm nicht zugetraut und er lag tatsächlich richtig. Angefangen hatte ich mit dem Beutel, weil meine Eltern mal wieder weggewesen waren und ich niemanden hatte, mit dem ich sprechen konnte. Ursprünglich war es nur ein kleiner Notizzettel gewesen, der mich daran erinnern sollte, dass ich es Mum erzählen wollte, wenn sie zurückkam.

Doch als ich damit zu ihr ging und das Thema anschnitt, winkte sie nur ab. Ihre Worte klangen selbst jetzt in meinen Ohren nach, als wäre es gestern gewesen.

»Bitte Fee, stör mich nicht. Deine Kinderprobleme kannst du sicher mit deinen Freundinnen besprechen, dafür brauchst du mich sicher nicht. So schlimm wird es schon nicht sein.« Damals hatten mich die Sätze härter getroffen, als jede Ohrfeige es gekonnt hätte. Ich ging in mein

Zimmer, steckte den Zettel zurück in den Beutel und schob immer wieder neue hinzu. Zunächst versuchte ich noch, mit meinen Eltern zu reden, aber es hatte keinen Sinn. Irgendwann kam der Zeitpunkt, an dem die Papierchen meine Gesprächspartner wurden und meine Geheimnisse wahrten. Leider fehlte ihnen nur eine wichtige Eigenschaft, um gute Gesprächspartner zu werden: Sie vermochten es nicht, mich in den Arm zu nehmen und zu trösten.

Dieser Gedanke holte mich in die Wirklichkeit zurück und trieb mich dazu, mich näher an Markus zu schmiegen und mein Gesicht in seinem Pullover zu vergraben. Ein süßlich herber Duft nach Vanille und Sandelholz stieg mir in die Nase und ich atmete ihn tief ein.

»Fee, wollen wir das mal probieren?«

Oh nein, was hatte er vorgeschlagen? Sein Duft und der kleine Kuss hatten mich so aus dem Konzept gebracht, dass ich gar nicht wusste, wovon er sprach. Schnell nickte ich. »Aber klar. Warum denn nicht?«, sagte ich und lächelte schief. Hätte ich gewusst, worüber Markus redete, ich hätte mir sehr gut überlegt, ob diese Methode wirklich die beste war, doch so rannte ich geradewegs ins offene Messer.

34. Kapitel - Markus

Verwirrt blinzelte ich. Das ging irgendwie zu einfach. Hatte sie begriffen, was ich ihr da gerade vorschlug? Nun ja, ich musste es wohl auf einen Test ankommen lassen. Ich fischte den Beutel mit den Zetteln aus meiner Jackentasche und hielt ihn ihr entgegen.

»Also dann, zieh einen Zettel«, forderte ich sie auf. Als sie zurückzuckte, als hätte ich ihr einen Stromschlag verpasst, verstand ich. Sie hatte mir vorhin überhaupt nicht zugehört.

»Soll ich es nochmal erklären? Nur zur Sicherheit?«, fragte ich und baute ihr eine Brücke, um sie nicht bloßzustellen.

»Also, wir nehmen den Beutel und du ziehst ein Papierchen heraus. Die Geschichte, die zu diesem Zettel gehört, erzählst du mir. Damit du aber nicht alleine deine Geheimnisse offenlegen musst, darfst du mir am Ende immer eine Frage stellen, egal welche, und ich beantworte sie dir«, wiederholte ich meinen Vorschlag. Ihre Augen weiteten sich, doch ich konnte hinter der Angst auch Neugier aufblitzen sehen. Sie wollte mich gerne aushorchen.

»Aber niemand darf flunkern. Man muss die Wahrheit sagen«, verlangte sie, als fürchtete sie, von mir betrogen zu werden. Ich nickte.

»Na klar, warum sollte ich lügen. In meinem Leben gibt es nicht allzu viel zu verbergen, mein größtes Geheimnis kennst du ja schon«, behauptete ich, doch als ich ihr Lächeln sah, wurde mir bewusst, dass ich mit dieser Aussage etwas vorschnell gewesen war.

Die ersten Runden waren für uns beide noch einfach gewesen. Fee wusste genau, welche Zettel die weniger schwerwiegenden Erinnerungen enthielten und zog diese natürlich zuerst aus der Tüte. Sie hatte über die Schulaufgabenkopie, den Tod ihres Goldfischs vor zehn Jahren, einen Jungen, der ihr den Ball geklaut hatte und über den Job ihres Vaters sprechen müssen.

Bei Letzterem wollte sie mit ihm darüber reden, dass sie es schade fand, dass er nie zu Hause war. Von mir wusste sie im Gegenzug nun, dass meine Lieblingsband Nickelback war, ich mich vor Erbsen absolut ekelte, fünf Gitarren besaß, aber nur mit einer einzigen auftrat, und dass ich Highheels an meinen Mitschülerinnen immer nuttig fand.

Alles in allem war es bisher weniger peinlich als eine Runde Flaschendrehen auf einer Party. Doch wir wussten beide, dass die leichten Themen langsam ausgingen und bald nur noch die schweren im Beutel steckten. Dass Fee sich entschieden hatte, das Spiel ein bisschen zu ihren Gunsten zu manipulieren, war okay für mich. Sie sollte ruhig bei den angenehmeren Themen anfangen mir zu vertrauen, damit wir über die schwierigen auch reden konnten.

Hätte ich die Pfleger gefragt, so hätten diese schreiend die Hände über dem Kopf zusammengeschlagen und mir den Beutel abgenommen. Ich war kein Therapeut und das, was ich hier mit Fee veranstaltete, konnte, zugegebener Maßen, ein schwerer Fehler sein, aber ich wollte es trotzdem probieren. Unmöglich konnte ich immer nur danebensitzen und zusehen. Diese Warterei machte mich wahnsinnig. Ich wollte selbst für sie da sein.

»Hast du schon einen neuen Zettel ausgesucht?«

Die Antwort war ein verunsichertes Nicken. So wie sie sich verhielt, hatte sie ein schwierigeres Thema ausgewählt. Ich rückte vorsichtig ein Stückchen näher, streichelte mit dem Daumen ihre

Wange und hob ihr Kinn leicht an, um ihr in die Augen zu sehen.

»Es ist okay, Fee. Egal, was du mir erzählst, es verlässt diesen Raum nicht. Und wenn du darüber jetzt nicht reden magst, dann eben wann anders. Wir müssen das nicht alles heute schaffen.«

»Es ist schwer, nicht mehr davonzulaufen. Bei uns gibt es keine Probleme. Niemals. Und falls doch, werden sie totgeschwiegen. Meine Mutter will das so. Sie blendet immer alles aus, was nicht in ihre Vorstellungen einer perfekten Familie passt und wir sollen es auch so machen«, erklärte Fee.

Im Grunde bestätigte es genau den Eindruck, den ich nach dem Zusammentreffen mit Frau Erpel gewonnen hatte.

»Ach Fee«, seufzte ich. »Niemand ist perfekt. Du nicht, ich nicht und deine Mutter am allerwenigsten. Wenn sie das nicht begreifen mag, dann tut sie mir leid. Aber hör bitte auf, alles in dich hineinzufressen und dein Leben wegzuwerfen. Du bist gut so, wie du bist, nicht wie andere Menschen dich haben wollen.« In dem Moment, als ich es aussprach, legte sich auch in meinem Hirn ein Schalter um. Warum erteilte ich eigentlich Ratschläge, die ich selbst nicht bereit war zu befolgen?

Mit Theresa, zum Beispiel, war ich nur

zusammengewesen, weil mir das ständige Gezicke um meine Person und die dauernden Dateanfragen auf den Keks gingen. Ich wollte die Erwartungen erfüllen und meine Ruhe haben. Lange hatte das natürlich nicht gehalten, denn Theresa war sicher nicht dumm und begriff schnell, welche Rolle sie da unfreiwillig abbekommen hatte.
Entsprechend wütend war sie auf mich gewesen und erzählte jedem, was ich doch für ein mieses Stück Scheiße sei. Glauben wollte ihr aber niemand. Die anderen hielten sie nur für meine rachsüchtige Ex, die nicht damit klar kam, dass ich sie abservierte. Dabei hatte sie es beendet. Obwohl das mittlerweile ein paar Monate zurücklag, schob ich meine eifersüchtige Ex immer noch bei allen Mädels vor, um keine Dates machen zu müssen. Ihre Wut ließ sie für mich zum perfekten Alibi werden.

Plötzlich fügten sich in meinem Kopf Puzzleteile in einem irrwitzigen Tempo zusammen. Konnte das sein?

Und noch während sich der Gedanke formte, wusste ich, dass es stimmte. - Fee war nur wenige Tage nach dem Ende unserer Beziehung an die Schule gekommen. Während alle Theresa verspottet und ausgelacht hatten, war die Neue, die wie ich auf Metalkram stand, genau das passende Opfer, um sich abzureagieren und einen Teil ihres eigenen

Leids an jemand weiterzugeben. All das hier, war auch irgendwie meine Schuld. Von dieser Erkenntnis wurde mir schlecht.

35. Kapitel – Fee

Markus‘ Worte bahnten sich langsam einen Pfad durch meinen Kopf. Festgefahrene Vorstellungen und Verhaltensweisen verstellten ihnen den Weg, nicht bereit kampflos aufzugeben. Doch diese Schlacht in einem Krieg, der gerade erst begann, hatten sie verloren.

»Du hast recht«, formten meine Lippen. »Perfekt bin ich sicher nicht, aber ich habe auch das Recht ich selbst zu sein. Das muss gar nicht jedem gefallen, solange es mir gefällt.« Schon während ich die Worte aussprach, zweifelte ich wieder. Blieb man nicht sehr allein, wenn man nur sein Ding machte. Bereits, wenn ich so war, wie andere mich wollten, mochte mich niemand, aber Rebellion hatte mich zu noch weniger geführt.

Mensch Fee, jetzt steh doch einmal zu dir selbst

und dem, was du gesagt hast. Was kannst du schon verlieren?

»Die Geschichte«, setzte ich an, ehe ich mich wieder umentscheiden konnte, »ist gar nicht lang. Es war in der fünften Klasse. Für das Konzert beim Stadtfest wurden noch Schüler als Solisten gesucht. Es gab ein allgemeines Vorsingen in der Turnhalle, bei dem eine Jury sich die besten Stimmen heraussuchte. Meine Mutter hatte versprochen zu kommen, denn falls man gewann, mussten die Erziehungsberechtigten natürlich ihre Zustimmung geben. Tja, Singen kann ich wohl ganz gut, denn ich hätte mitmachen dürfen, aber meine Mutter hatte etwas Besseres zu tun. Die anderen Kinder haben mich furchtbar ausgelacht und tagelang verspottet. Deine Mutter liebt dich nicht, haben sie gesagt, oder wenn meine Mutter so wäre wie deine, würde ich mich erschießen.« Ich stockte kurz und schluckte hektisch. Stress machte sich in mir breit. »Als ich meine Mutter fragte, warum sie nicht da war, sagte sie nur, dass ich mich lieber auf die Schule konzentrieren solle als auf solche Lächerlichkeiten. Sie wolle unsere Familie jedenfalls nicht dem Gespött der ganzen Stadt aussetzen.«

Erst als Markus mir ein Taschentuch hinhielt, bemerkte ich, dass ich weinte. Eilig griff ich danach und wischte mir die Tränen von den Wangen, ehe ich lautstark schnäuzte.

»Du singst?«, wollte er wissen und begann mich interessiert anzuschauen.

»Ach was«, winkte ich ab. »Das habe ich seitdem nur noch unter der Dusche getan.«

»Dann müssen wir das ändern. Wenn du ein Schülersolo bekommen solltest, kann deine Stimme gar nicht so schlecht sein, auch wenn du aus der Übung bist. Wollen wir nicht mal zusammen singen?«, schlug er vor und ich lief knallrot an.

»Lieber nicht. Wir sind in einem Krankenhaus. Da können wir doch nicht einfach singen. Vor allem, weil ich nur Kinderlieder und eben meine Lieblingsmusik kann. Was glaubst du, was hier los wäre, wenn wir auf einmal hier sowas wie ‚*Warriors of the World*' loslassen. Dann bekomme ich vermutlich gleich ein Bettenabo für die nächsten zehn Jahre.«

Markus lachte los. »Du bist so süß, wenn du so redest. Glaubst du denn ernsthaft, dass ich weder Gitarre gespielt noch gesungen habe in all den Monaten hier? Da wäre ich ja eingegangen.«

Sein Lachen steckte mich an und spielerisch stupste ich ihn in die Seite.

»Nachdem du ganz offensichtlich kein Zombie bist, wie hast du das angestellt?«

»Das ist eigentlich ziemlich einfach. Du

überzeugst deinen Musiktherapeuten davon, dass Singen gut für dich ist und dass du nichts anstellst, wenn man dich unbeaufsichtigt lässt. Dann gibt er dir die Erlaubnis auch mal abends oder am Wochenende, nach Therapieende, im Musikraum zu bleiben. Der ist klasse isoliert und liegt im Keller, wo um die Uhrzeit höchstens noch eine Putzkraft rumläuft. Da kann man herrlich jammen. Wenn du das klarmachst, komme ich am Samstag mit meiner Strato vorbei und wir rocken so richtig ab.«

Bei diesem Vorschlag leuchteten seine Augen und auch ich ließ mich etwas von der Begeisterung anstecken.

»Na schön, ich versuch es. Aber nur, wenn du mir dann zeigst, wie man Gitarre spielt. Meine Eltern fanden das leider, wie so vieles, sehr unpassend für eine junge Dame und haben mich zu so einem albernen Geigenlehrer geschickt. Wenigstens hatte der nach ein paar Monaten von meinem mangelnden Talent die Nase voll und hat mich rausgeworfen. Damit war das Thema Instrument dann für alle Zeit gestorben.«

»Das wollen wir erstmal sehen. Ich bring dir Lucy mit – meine alte Akkustikgitarre. Auf der lernt man das Spielen viel einfacher als auf der Strato.«

Wir grinsten und begannen die Playlist für das nächste Wochenende zu diskutieren.

Nachdem Markus gegangen war, saß ich auf meinem Bett und ließ den Tag Revue passieren.
Er war durchwachsen gewesen, ich hatte einige Hochs, aber noch mehr Tiefs gehabt und fühlte mich irgendwie einsam. Die Isolation von der Außenwelt tat einerseits zwar sehr gut, doch andererseits vermisste ich mein Handy, mit dem ich Markus eine kurze Nachricht schicken konnte, um mich zu bedanken. Diesen Dank hatte er sich mehr als verdient. Unser etwas kurioser Nachmittag hatte mir gezeigt, dass auch aus den schlechten Dingen noch etwas Gutes wachsen konnte, wenn man sich traute, sie beim Namen zu nennen.

»Dir werd ich noch Beine machen«, flüsterte ich in Richtung des Beutels und lächelte leicht. Für einen Augenblick hatte ich meine Hoffnung zurück.

36. Kapitel - Markus

Der nächste Morgen begann eindeutig zu früh. Die letzten Tage hatten meinen Schlafrhythmus empfindlich durcheinandergebracht. Statt wie üblich bereits um sechs topfit und bereit für eine Runde Jogging zu sein, quälte ich mich um halb acht mühsam aus dem Bett. Noch im Halbschlaf suchte ich meine Sportsachen zusammen, warf alles in die große Tasche und zog mir Jeans und Pullover über. Socken würde ich mir direkt von der Wäscheleine holen. Im Vorbeilaufen schnappte ich mir einen Stapel Karteikarten vom Schreibtisch und ließ sie in der Hosentasche verschwinden. Jetzt aber nichts wie los.

Einen Proteinshake, zwei Bananen und eine Schale Müsli später, hetzte ich zum Auto. Das würde heute knapp werden.

Normalerweise war ich der erste, der bei einem Turnier aufkreuzte und die Meldelisten der gegnerischen Mannschaften studierte. Heute schaffte ich es, wenn ich ohne Zwischenfälle durchkam, gerade so zur ausgemachten Zeit an der Halle zu sein. Für jeden anderen Spieler vollkommen okay, aber für mich als Mannschaftsführer galten strengere Regeln. Wenig später bremste ich mit quietschenden Reifen vor dem Sportzentrum. Überraschte Blicke und Verwirrung. Die meisten konnten scheinbar kaum glauben, dass ihr Kapitän doch mal auf seinen Drahtesel verzichtet hatte und mit dem Auto vorfuhr. Normalerweise tat ich das höchstens bei Gewitter oder Hagel. Noch bevor ich bei meinen Teamkollegen abklatschen und ein paar motivierende Worte loswerden konnte, rief mich Coach Behm zur Seite.

»Bauer, was fällt Ihnen ein? Erst erscheinen Sie nicht zum Training, nun kommen sie zu spät zum Turnier. Haben Sie keine Lust mehr zu spielen? Dann sagen Sie es einfach. Herr Kling wird Ihnen sicher gerne Ihre Position abnehmen und Sie von dieser Bürde der Verantwortung befreien. Nennen Sie mir einen Grund, Sie nicht aus dem Team zu werfen«, polterte er, doch ich war diese Art Anfälle gewohnt. Es gab keine Woche, in der sich nicht mindestens einer aus dem Team das gefallen lassen musste. Wir wussten alle, ebenso gut wie er selbst, dass er binnen eines Monats keine Mannschaft mehr zusammen bekäme, wenn er ernst machte. Dann wären auch die Sponsoren futsch, was für ihn einem Weltuntergang gleich käme.

Etwas Schnippischer als beabsichtigt, antwortete ich daher: »Erstens, Sie brauchen mich als Center. Zweitens, Sie brauchen mich als Teamführer. Drittens, wenn Sie mich jetzt aus der Mannschaft werfen, haben Sie einen solchen Tumult, dass Sie zum Turnier gar nicht erst antreten müssen. Waren das genug Gründe? Ach so, obwohl es Sie nichts angeht, ich hatte eine Freundin ins Krankenhaus zu bringen. Das war wichtiger als das letzte Training.«

Mit diesen Worten ließ ich ihn stehen und ging zu meinem Team.

Der Tag wurde anstrengend. Wir schafften es, die Vorrunde zu überstehen und in die K.o.-Runde. Zwischen den Spielen war ich damit beschäftigt, möglichst zeitgleich die Gegner zu beobachten, meinen Kameraden neue Taktiken zu präsentieren und mir Geschichtsdaten in den Kopf zu hämmern. Es war ermüdend und machte auch nicht halb so viel Spaß wie sonst. Gegen Nachmittag kreisten meine Gedanken immer öfter um Fee. Wie gerne wäre ich jetzt in die Klinik gefahren, um ein wenig mit ihr zu plaudern. Vielleicht hätten wir sogar wieder einige Zettel aus dem Beutel entfernt oder einen Spaziergang im Park gemacht. Doch stattdessen versauerte ich hier und musste noch das Finale durchstehen. Die Halle leerte sich langsam, denn viele Mannschaften blieben nach ihrem Ausscheiden nicht mehr bis zum Schluss. Dass wir nicht das Glück haben würden frühzeitig heimzukommen, hatte ich bereits geahnt. Man sponserte uns schließlich nicht umsonst und das einzige Team aus der Region, das sich mit uns messen konnte, war gar nicht erst angetreten. Sie empfanden solcherlei Turniere als unter ihrer Würde. Obwohl der Sieger schon feststand, kämpften unsere Gegner verbissen. Jeder Punkt, jeder Platz war entscheidend, wenn es um Verträge mit Spielern, Sponsoren oder Förderern ging.Endlich ertönte der erlösende Abpfiff. Die Arme meiner Kameraden flogen in die Höhe, der Coach jubelte und alle fielen sich begeistert um den Hals. Auch einer unserer Geldgeber kam aus den Rängen angerannt und begann überschwänglich unsere Hände zu schütteln.

»Das müssen wir feiern. Pizza für alle bei Luigi«, verkündete er. »Aber bitte geduscht«, fügte er mit leicht gerümpfter Nase hinzu. Dann machte er sich wieder davon und ließ einen Haufen euphorischer Jungs zurück, die Richtung Umkleide drängten. Sven klopfte mir auf die Schulter.

»Gratuliere Chef, du hast ein tolles Spiel gemacht.«

»Mann, Sven, wie oft habe ich dir schon gesagt, dass du mich nicht Chef nennen sollst?«, brummte ich und verdrehte die Augen.

»Außerdem haben wir alle ein tolles Spiel gemacht. Nur weil ich die Körbe lege, gewinne ich doch nicht allein. Ohne eure Zuarbeit und Defense gäbe es keinen Sieg«, korrigierte ich ihn automatisch.

Bereits zwanzig Minuten später stand die gesamte Mannschaft, frisch geduscht und abfahrbereit, auf dem Parkplatz.

»Wer fährt mit wem?«, fragte Kai und fügte gleich noch hinzu: »Ich fahre beim Chef mit.«

- Himmel, wer auch immer diesen albernen Spitznamen eingeführt hatte, ich wurde ihn einfach nicht mehr los. -

»Sorry Jungs, ihr müsst für mich mitfeiern. Mein Kunstprojekt wartet zu Hause. Wenn ich das nicht bis Mittwoch in den Griff kriege, dann sieht es echt übel aus mit meiner Abinote.«

»Aber Chef, das kannst du nicht machen«, protestierte Fabian. »Wir können doch nicht ohne dich feiern. Da fehlt einfach was.« Zustimmendes Gemurmel erhob sich, aber auf Tobias war zum Glück Verlass. »Lasst die Spaßbremse doch Jungs, wenn er keinen Bock auf uns hat, essen wir seine Pizza mit und feiern allein. Er ist eben im Herzen ein Mädchen.«

Normalerweise hätte ich ihn nach so einer Ansage in die Schranken gewiesen und ihm seinen Platz im Team als Neuling verdeutlicht. Aber heute fehlte mir selbst dafür der Nerv. »Genau, macht es wie Tobias sagt. Esst meine Pizza, teilt euch mein Bier und weil ich so großzügig bin, dürft ihr auch meinen Anpfiff für seine Respektlosigkeit übernehmen.« Diese Spitze konnte ich mir dann doch nicht verkneifen.

37. Kapitel - Fee

Die nächsten Tage vergingen wie im Flug. Eine echte Therapie war wirklich komplett anders als im Fernsehen. Medikamente zum Ruhigstellen gab es ebenso wenig wie Fesseln, Zwangsjacken und Gummizellen. Dafür jede Menge Einzel- und Gruppentermine. Noch hatte ich nicht alles gehabt, was auf meinem Plan stand, doch anhand der Herzchen und Totenköpfe ließ sich schon sehr gut ausmachen, welche Kurse mir wie gefielen.

Ergotherapie und Musik waren toll. Ich liebte es zu basteln, neue Materialien und Instrumente auszuprobieren und mich von den Klängen treiben zu lassen. Meist war ich nach diesen Stunden so beschwingt, dass ich die freie Zeit bis zur nächsten Therapieeinheit nutzte, um zu zeichnen, Texte zu schreiben oder leise Tonleitern zu üben.

Ich konnte schließlich nicht mit Markus singen, ohne eine einzige Note zu treffen.

Mit Totenköpfen und Blitzen hatte ich vor allem die Tanztherapie und das Soziale Kompetenztraining markiert. Mir erschloss sich nicht, warum man etwas Tanzen nannte, bei dem man neben einem Besenstil entlangbalancierte oder abwechselnd auf den Fußballen und den Zehenspitzen durchs Zimmer lief. Jedes Mal kam ich vollkommen gestresst aus dieser Stunde und war leicht reizbar.

Als ich den Wunsch anbrachte, dort nicht mehr hin zu müssen, erklärte man mir, dass es leider nicht anders ginge. Wichtige Techniken gegen die Dissoziationen erlernen, lautete die Erklärung. Doch ich wurde den Eindruck nicht los, dass sie die Gruppe nur vollkriegen wollten, denn auch keiner der Patienten, die ich traf, fand diese Therapie irgendwie nützlich.

Beim Kompetenztraining war es anders. Ich saugte alles in mich auf, nahm jede Information mit, die ich kriegen konnte und merkte mir genau, was man wie im Alltag am besten nutzte. Allerdings mussten wir in der zweiten Hälfte der Stunde immer gefakte Rollenspiele machen. Angeblich um das Gelernte durch Anwendung zu verinnerlichen. In Wahrheit empfand ich es als reine Schikane. Man sollte seine Mitpatienten beleidigen, nur damit diese sich dann dagegen zur Wehr setzten. Keiner fühlte sich davon angegriffen und auch unsere Abwehrversuche waren bestenfalls halbherzig. Im echten Leben hätte sich jeder darüber krumm und schief gelacht und uns erst recht beleidigt. So viel also zum Nutzen dieser Veranstaltung.

Für die nächste Woche standen noch einige neue Stunden auf dem Programm. Diese Woche jedoch hatte eine Grippewelle im Personal die Runde gemacht und dadurch für etlichen Ausfall gesorgt. Für mich war dies sicher nicht schlecht, denn so blieb mir etwas mehr Zeit anzukommen und mich an den straffen Tagesplan zu gewöhnen. Mein regulärer Schulalltag war ein Klacks dagegen.

Vielleicht sollte meine Mutter einmal selbst in Therapie gehen, nur um zu sehen, wie faul ich hier wirklich war. Na ja, ganz abgesehen davon, könnte ihr so was auch nicht schaden. Doch ich wollte mich nicht länger mit ihr befassen. Sie hatte Wort gehalten und sich seit dem desaströsen Gespräch nicht mehr gemeldet. Und ehrlich gesagt, war ich heilfroh darüber.

In meinem Einzeltermin bei Herrn Maier kamen wir natürlich zwangsläufig wieder auf sie. Er erkundigte sich ganz genau, ob sie denn immer so sei oder ob es einen bestimmten Grund für ihr

Verhalten gab. Dass meine pure Existenz dieser Grund sein sollte, fand er allerdings weniger gut. - Na ja, ich war ja nicht dazu da meinen Psychologen glücklich zu machen. Die Frage nach meinem Vater verlief nur unwesentlich besser. Er hatte Mum zwar aus Verantwortungsgefühl noch vor meiner Geburt geheiratet, aber dann so schnell wie möglich einen Job im Außendienst angenommen. War er zu Hause, sprach er wenig, saß stundenlang in seinem Arbeitszimmer und ignorierte Mutter und mich die meiste Zeit. Vermutlich bereute er die Entscheidung für uns jeden Tag, war jedoch zu feige, sich von dem Drachen scheiden zu lassen.

Bevor ich begann mich zu sehr aufzuregen, ließen wir das Thema zum Glück fallen und kamen auf mein ‚Krisenprotokoll' zu sprechen. Ob ich denn an einer Essstörung litt, war natürlich die erste Frage.

Himmel, wann lernten die Leute endlich, dass nicht alle dünnen Menschen automatisch Anorexie hatten?

Ich meine, wenn jemand dick ist, fragt ja auch nicht jeder gleich, ob er Fresssucht hat. Nachdem ich ihm, wie gefühlt tausend Menschen zuvor, erklärt hatte, dass bei uns in der Verwandtschaft alle Frauen väterlicherseits so schlank waren, machten wir unter dieses Thema einen Haken.

Danach kamen wir zu meinen Schlafstörungen. Wobei, eigentlich existierten diese, seit ich in der Klinik war, nicht mehr. Sobald sich ein größeres Zeitfenster bot, legte ich mich hin und auch in den Nächten schlief ich immer acht bis neun Stunden. Wäre mein Therapieplan nicht so voll, würde ich vermutlich nur noch schlafen.

Laut Herrn Maier ein gutes Zeichen, denn mein Körper holte sich endlich das, was ich ihm so lange vorenthalten hatte. Außerdem, erklärte mir der Psychologe, war es für ihn ein Signal, dass ich meine Umgebung akzeptierte und mich sicher fühlte. Ohne dieses Grundvertrauen in die Einrichtung und den Willen an mir zu arbeiten, konnte eine Therapie nicht gelingen.

Danach war meine Zeit vorbei gewesen. In mir blieb das Gefühl zurück, dass ich nur viel geredet, aber nichts erreicht hatte. Doch Gerlinde, die meine missmutige Stimmung richtig deutete, lachte.

»Mädchen, jetzt sei doch etwas geduldig. Ihr habt sicher eine Menge geschafft, aber es dauert immer ein wenig, bis man den Sinn versteht und merkt, dass sich die Dinge ändern. Du bist ja auch nicht an einem Tag krank geworden, noch nicht mal in einem Jahr. Wie könntest du da in einer Woche gesund werden?«

Dann ging sie weiter, während ich nachdenklich mitten im Flur stehen blieb und ihre Worte auf mich wirken ließ.

38. Kapitel - Markus

Endlich Samstag! Ich hatte die Schulwoche mehr schlecht als recht rumgebracht, was aber nicht zuletzt an dem nervigen Kunstprojekt lag. Nachdem unser Lehrer überraschend krank geworden war, konnte ich die verlorene Zeit einfach hinten dran hängen und versuchte nun verzweifelt etwas zu retten. Die ursprüngliche Aufgabe lautete, eine Müllskulptur zu bauen, und zwar von einem Tier, das genau von der Art Müll bedroht wurde, die ich verbaute.

Klang ja eigentlich gar nicht so schwer, allerdings hatte ich in der ersten Kunststunde vorgezogen blau zu machen und dann war der ‚gute' Müll leider schon weg. Statt Metall, Papier oder wenigstens Plastik, hatte ich das zweifelhafte Vergnügen mit Gummi zu arbeiten. Alte Reifen, Gummibänder, Fahrradschläuche, Kaugummi.

Lauter Kram, aus dem ich alles herstellen konnte, aber keinen Borneo-Orang-Utan. Natürlich war es schlimm, dass man den Lebensraum dieser Tiere für Kautschukplantagen vernichtete, aber niemand machte sich ernsthaft mehr Gedanken über sein Konsumverhalten, wenn ich ein missgebildetes Äffchen für den Schulflur bastelte. Da gab es andere, effektivere Methoden, um auf Probleme aufmerksam zu machen. Das hier war eindeutig Schülerquälerei.Schließlich feuerte ich genervt das kleine Skalpell, mit dem ich versuchte die größeren Gummistreifen anzupassen, auf den Schreibtisch und ging zu meinen Gitarren. Vorsichtig nahm ich die Strato vom Ständer, schloss sie an und drehte den Lautstärkeregler auf. Sobald ich die ersten Töne meines Lieblingslieds gespielt hatte, besserte sich meine Laune. Keiner konnte sich vorstellen, dass so ein trauriges Lied es vermochte, so viel positive Energie in mir zu entfesseln. Doch sobald die ersten Akkorde von ‚*Boulevard of Broken Dreams*' erklangen und meine Stimme einsetzte, änderte sich meine Stimmung schlagartig. War ich gerade noch genervt und wütend gewesen, so zog nun zunächst eine unendliche Traurigkeit mein Herz zusammen.
Aber auch mein Kampfgeist erwachte und streute das gefährlichste Dopingmittel der Welt direkt in mein Herz – Hoffnung.

Als ich die Klinik erreichte, war ich immer noch völlig aufgeputscht und hibbelig.

Wie sollte ich auch nicht? Endlich durfte ich Fee wiedersehen.

Sie hatte mich diese Woche eindeutig viel mehr Gedanken gekostet, als ich ihr ursprünglich einräumen wollte. Und wenn ich an sie dachte, dann kribbelte es leicht in meinem Bauch. Schnell griff ich die beiden Gitarren von der Rückbank und eilte ins Gebäude. Es würde keine Minute mehr dauern, bis ich sie endlich umarmen konnte.

Hör auf, dich so kindisch zu benehmen, Markus, schalt ich mich selbst. Es ist doch nur eine Bekanntschaft, nur ... Weiter kam ich nicht, denn inzwischen stand ich mitten in Fee‘s Zimmer und sie fiel mir um den Hals. Vorsichtig stellte ich zunächst die Gitarren ab, um die Hände freizubekommen, dann schloss ich sie fest in die Arme.

»Ich hab dich vermisst«, flüsterte ich, ohne nachzudenken. »Du bist wunderschön.«
Entsetzt machte Fee einen Schritt zurück.

»Sag so etwas nicht. Bitte.«

»Aber warum? Es ist alles wahr. Keine Lügen, kein Flunkern. Das hatten wir doch ausgemacht«, versuchte ich, sie zu beruhigen, obwohl ich nicht einmal verstand, was genau sie aufregte. »Du kannst mich nicht hübsch finden«, wisperte sie und nur mit Mühe konnte ich die letzten Reste der Worte hören.

»Aber warum denn nicht? Für mich bist du einfach wunderschön. Warum sollte ich das nicht sagen?« Ehrlich gesagt, kapierte ich nichts mehr. Ich wollte ihr doch nur ein Kompliment machen und nun war alles falsch?

»Niemand findet mich hübsch. Ich bin ein hässliches Entlein. Das schwarze Schaf der Familie, für das man sich schämt. Eine Schande, Abschaum, ein Unfall, Dreck, eine Satansbraut, Hexe oder was auch immer du sonst möchtest. Frag einfach deine Ex oder meine Eltern. Sie haben sicherlich noch ein paar Schmeicheleien mehr parat.«
Ihr Atem ging stoßweise und sie gestikulierte vor Aufregung wild durch die Gegend.

»Fee«, behutsam legte ich ihr meine Hand auf den Unterarm.

»Ich bin es. Markus. Nicht Theresa, nicht deine Mutter. Und ich, Markus, finde dich wunderschön. Sowohl deine Seele als auch deinen Körper«, versicherte ich ihr. Wenn sie noch ein wenig wartete, würde sie das überzeugendste Argument ohnehin zwischen meinen Beinen entdecken. Meine Hose begann schon bedenklich zu spannen und zu gerne hätte ich sie geküsst, doch ich beherrschte mich mit aller Gewalt. Das war nicht der richtige Zeitpunkt. Wenn ich sie jetzt überforderte, dann würde ich sie verlieren. Für immer und das, wo ich mir gerade eingestanden hatte, dass ich in sie verliebt war.

Am liebsten hätte ich gegen das Bettgestell getreten und frustriert geschrien, doch stattdessen lächelte ich und wiederholte: »Keine Lügen, kein Flunkern.«

Langsam nickte sie. »Aber ...«, setzte sie an und schloss ihren Mund, als ich meinen Zeigefinger auf ihre Lippen legte. »Kein ‚aber' Fee. Du musst lernen Komplimente anzunehmen. Selbst wenn du nicht findest, dass es ein Kompliment wert ist, was oder wie du bist. Für andere ist es das. Rede ihnen ihre Liebe und Faszination zu dir nicht schlecht. Gönn sie ihnen von Herzen, so wie sie dir von Herzen gönnen, was du bist. Denn ja, genau das tun sie. Jemand, der dir etwas nicht gönnt, wird dir nie ein Kompliment dafür machen.«

39. Kapitel – Fee

Wunderschön? Ich? Einfach glauben? Die Worte ergaben in meinem Kopf überhaupt keinen Sinn, doch mein Herz schlug Purzelbäume vor Freude.

Ehe ich so recht wusste, was ich tat, küsste ich Markus‘ Fingerspitze, die immer noch auf meinen Lippen lag. Seine ernste Miene lockerte sich auf und ein Lächeln huschte über sein Gesicht. Täuschte ich mich, oder spiegelte sich darin für einen Moment ein Hauch von Triumph?

Vorsichtig nahm ich seine Hand und führte sie von meinem Mund weg. Da ich von mir selbst zu überrascht war, um etwas zu dem Kuss sagen zu können, wechselte ich eilig das Thema. »Das mit dem Musikzimmer klappt übrigens. So wirklich überzeugt war der Musiktherapeut nicht, aber als ich sagte, dass ich dich mitbringe, war er sofort einverstanden. Du scheinst ja einen bleibenden Eindruck hinterlassen zu haben, wenn er dich jetzt noch kennt.«

»Na, davon kannst du ausgehen. Manchmal blieb er abends etwas länger und wir haben zusammen gejammt. Außerdem hat er mich überredet, gemeinsam mit ihm auf der Stationsweihnachtsfeier aufzutreten. Ich glaube, das sieht er bis heute als eine persönliche Meisterleistung an.« Markus schmunzelte. »Aber umso besser für uns. Wollen wir gehen?«

Nur wenige Minuten später standen wir im Musikzimmer und räumten die Stühle, die noch von der letzten Gruppentherapie im Kreis angeordnet waren, zur Seite.

»Du, Markus?«, begann ich, unterbrach mich jedoch wieder.

»Ja? Was ist denn?«

»Ich habe noch eine Frage gut, oder?«, erinnerte ich ihn. »Oder gilt das nicht mehr?«

»Natürlich gilt das noch. Wenn du fragen willst, dann frag ruhig. Auch, wenn du gerade keine gut hast. Du bist doch nicht mein Hündchen, das erst Kunststückchen machen muss, bevor es ein Leckerchen bekommt.«

»Nein, das stimmt. Ich bin ein Streuner, der ständig Männchen macht und am Ende will ihn doch keiner haben.« Markus‘ Vergleich war so treffend gewesen. Während mein Verstand noch nach einer Antwort suchte, hatte meine Zunge sie bereits gegeben. Und sie war so wahr.

Die Traurigkeit, die in den letzten Tagen immer häufiger mit Abwesenheit glänzte, kam mit aller Gewalt zurück. Sie brachte ihren Elefanten mit, der sich gleich wieder auf meiner Brust niederließ und den Nebel, der sich über meine Gedanken legte. Alle Energie wich mit einem Schlag aus mir und ich ließ mich zu Boden gleiten. Statt mich zu setzen, legte ich mich auf den Rücken und starrte die Decke an. Markus beugte sich beunruhigt zu mir herunter.

»Alles in Ordnung, Fee? Was hast du denn?«

»Alles gut. Ich brauch das jetzt einfach.«

Erdung! Etwas unheimlich Tolles, wie ich bereits herausgefunden hatte. Mit dem Boden so dicht am Körper, fühlte man sich nicht mehr so wacklig und angreifbar. Man hatte eine feste Stütze im Rücken und wer nah am Boden blieb, konnte nicht tief fallen. Man fühlte sich beschützt und geborgen. Gab die Verantwortung ab und behielt die Kontrolle doch komplett.

Eine Weile saß Markus schweigend neben mir, dann stand er auf, um seine Gitarre auszupacken. Nicht das elektrische Teil, sondern eine wunderschöne Akkustikgitarre, die noch genau so klang, wie man es aus dem Kindergarten kannte. Das war sicher Lucy.

Sanft schlug er die ersten Töne an und ich drehte erstaunt den Kopf. »Du kannst Popsongs spielen?«

»Natürlich, mit irgendwas musste ich meine bisherigen Freundinnen ja beeindrucken. Von denen hatte keine einen so guten Musikgeschmack wie du.«

Ich lachte, denn genau mit dieser Antwort hatte ich gerechnet. Jungs waren so durchschaubar.

»Wenn ich so einen guten Musikgeschmack habe, warum spielst du dann nicht etwas anderes«, fragte ich und merkte, wie der Elefant auf meiner Brust langsam ein wenig sein Hinterteil hob. Vielleicht konnte Markus ihn ja mit ein paar Songs für eine Weile vertreiben.

»Was möchtest du denn hören?«, erkundigte er sich und legte Lucy zur Seite.

»Ich hatte dich vorhin fragen wollen, welches Lied du mit dem Tod deiner Mutter verbindest. Spielst du es mir vor?«

Seine Wangenmuskulatur spannte sich an, die Frage hatte ihn wirklich getroffen.

»Nur, wenn es für dich okay ist«, schob ich schnell nach, schließlich wollte ich nur etwas über ihn erfahren und ihn nicht quälen.

Er schüttelte den Kopf. »Schon gut. Wir haben diesen Deal. Außerdem glaube ich, dass du dieses Lied ebenso brauchst wie ich.«

Zunächst verstand ich nicht, was er meinte, doch als er die Strato zur Hand nahm und die ersten Töne erklangen, schossen mir die Tränen in die Augen.

Zitternd wischte ich mit der Hand über meine Wange, als Markus anfing zu singen. Seine Stimme war tiefer als die des Grafen, aber der Schmerz, der sie leicht beben ließ, jagte mir einen Schauer über den Rücken. Wellen der Trauer schlugen über mir zusammen und mehr schluchzend als singend, stimmte ich ebenfalls in ‚*Geboren um zu leben*' ein.

Nachdem der letzte Akkord verklungen war, standen auch in Markus' Augen die Tränen. Wortlos legte er die Gitarre zur Seite und umarmte mich. Obwohl jeder von uns in seinen eigenen Erinnerungen gefangen war, hielten wir uns gegenseitig fest und versanken in einem Meer aus Tränen.

40. Kapitel - Markus

Es dauerte eine ganze Weile, bis ich mich fing. Noch nie hatte ich mich einem Menschen so sehr geöffnet wie Fee, abgesehen von meinem Therapeuten. Niemals hatte ich mir die Blöße gegeben, außerhalb meines Zimmers zu weinen, mich verletzlich zu zeigen oder angreifbar zu machen. Viel zu schnell wurden schwache Momente gegen einen genutzt. Ehrliches Mitleid gab es heute nur noch selten. Zu oft hatte ich erlebt, wie Menschen, die vorgaben, einem helfen zu wollen, hinter dem Rücken bereits den Dolch bereithielten, um ihr Gegenüber endgültig zu erledigen.

Doch bei Fee blieb diese Angst einfach aus. Nicht, weil ich ihr Schweigen mit meinem Wissen erpressen konnte, sondern weil sie irgendetwas in mir berührte, dass ich längst für tot gehalten hatte.

Sie war mir in der kurzen Zeit so sehr ans Herz gewachsen, dass mir allein der Anblick ihres Schmerzes fast mehr weh tat als mein eigener. Es war absolut irrational und ich hatte die ganze Woche überlegt, ob es nicht so etwas Ähnliches wie ein Stockholm-Syndrom sein konnte. Sie hatte mich zwar nicht entführt, aber auch wir erlebten gerade eine emotionale Ausnahmesituation. Doch so oft ich es drehte und wendete, es war etwas anderes, anders als alles, was ich kannte.

Es glich nicht der Zuneigung zu meinem großen Bruder, den ich schon lange nicht mehr gesehen hatte, war anders als ich meine Freunde mochte, aber auch anders als die Gefühle, die ich für meine Exfreundinnen gehegt hatte. Inzwischen konnte ich sehr gut sagen, das alles war es nicht. Doch womit ich es zu tun hatte, wollte ich unbedingt herausfinden.

Ich wollte Fee, aber ich wollte sie so, wie sie es verdiente. Den Fehler, einen Menschen ins Unglück zu stürzen, nur weil er mir gut in meine Pläne passte, würde ich nach Theresa sicherlich kein zweites Mal begehen.

Vorsichtig löste ich mich aus der Umarmung und sah Fee an. »Möchtest du reden?«

Sie schüttelte den Kopf.

»Jetzt noch nicht. Können wir singen?

Deswegen sind wir doch runtergekommen, oder?« Ihre verletzliche Seite zog sich rasend schnell zurück und um sie herum baute sich eine Mauer auf, die niemanden an sie heranließ.

Wenn ich sie betrachtete, sah ich mein eigenes Verhalten wie in einem Spiegel. Es machte zum jetzigen Zeitpunkt keinen Sinn, tiefer in sie zu dringen.

»Na klar. Hast du Liedwünsche?«

»Du hast doch auf meinem MP3-Player eh schon nachgesehen, was ich für Musik mag. Such dir davon einen Song aus. Da kann ich die Texte auswendig.« Der Tonfall sollte locker wirken, klang aber eher gleichgültig.

»Wie hast du ...?«, wollte ich wissen.

»Na ja, als ich das letzte Mal zu Hause Musik gehört habe, hatte ich ein bestimmtes Lied auf Dauerschleife gelegt. Das mache ich oft. Aber während du durch den Player gescrollt hast, bist du wohl versehentlich an einen falschen Knopf gekommen, denn beim nächsten Mal startete meine Randomplaylist«, erklärte sie achselzuckend. »Können wir jetzt einfach loslegen? Sonst gibt's Essen, bevor wir einen richtigen Song gespielt haben.«

»Ganz schön ungeduldig, was? Gib mir einen Moment«, bat ich und begann meine Gitarre nachzustimmen. Sie hatte sich während des Transports kaum merklich verstimmt und klang schon bei den ersten Tönen nicht sauber. Nicht so, dass es jemand gehört hätte, aber zu viel, um meinen Ansprüchen zu genügen. Ich war in allem, was ich tat, sehr genau, manchmal geradezu penibel und es kam für mich nicht in Frage, Fee zu einer schlecht gestimmten Gitarre singen zu lassen. Außerdem verschaffte ich mir so etwas Zeit, um mich an ihre Playlist zu erinnern. Es standen eine Menge Lieder darauf, aber viele davon hatte ich noch nie gespielt. Schließlich erhob ich mich, griff mir ein Plektrum und schlug die ersten Töne auf der Strato an.

Zugegebenermaßen, bei diesem Lied wollte ich glänzen. Für Fee's zarte Stimme war *Linkin Park* sicherlich nicht die fairste Wahl, doch ein bisschen imponieren wollte ich ihr ja schon. Das war wohl so eine Macke von Leadsängern. Sie gaben die Zügel ungern aus der Hand. Kaum war das kurze Intro jedoch vorüber und die harten Riffs des Refrains erklangen, hielt ich gebannt den Atem an. Fast hätte ich vergessen weiterzuspielen, als aus ihrem Mund eine Stimme drang, die sowohl den lauten ‚Schreigesang' des Refrains als auch die ruhigen, melodischen Strophen mit Leichtigkeit rockte.

Fasziniert bewunderte ich ihre umherfliegenden

Haare, das Spiel ihrer Gesichtszüge und die Bewegungen ihres schlanken Körpers. Hätte ich es nicht besser gewusst, hätte ich vermutet, dass sie jedes Wochenende ganze Säle zum Kochen brachte. Aber warum eigentlich nicht?

In meinem Kopf reifte bereits die nächste verrückte Idee heran, doch dafür musste ich zunächst noch etwas klären.

41. Kapitel – Fee

Ein großes Handtuch um meine nassen Haare gewunden, lag ich auf dem Bett und dachte nach. Ich ging mit einem Lächeln im Gesicht den Nachmittag mit Markus noch einmal durch. Es hatte unglaublich Spaß gemacht, mit ihm Musik zu machen. Seine Stimme war der Wahnsinn. Er musste unendlich viele Gesangsstunden genommen haben, um diese irrsinnige Bandbreite zwischen grölendem Deathmetal und melodischen Balladen zu schaffen.

Als ich an seine Performance von *Unheilig* dachte, wurde mir aber doch wieder speiübel. Der Elefant kam zurück und trampelte sich seinen Schlafplatz auf meiner Brust wie ein Hund zurecht, ehe er sich fallen ließ. Ich konnte mich nicht mehr bewegen und jeder klare Gedanke verlor sich sofort in einem diffusen Durcheinander.

Unfähig meinen Selbstschutz aufrecht zu erhalten, fiel die erste Mauer. Emotionen fluteten mich wie ein reißender Strom und rissen mich in einem Strudel aus Erinnerungen davon. Bilder rasten in schneller Folge vor meinem inneren Auge vorbei. Zu flüchtig, um den Moment zu greifen, gerade langsam genug, um den Schmerz mit voller Wucht zu spüren.

Die leeren Stühle meiner Eltern bei allen Schulaufführungen; ihre Abwesenheit beim Abschlussball des Tanzkurses; ihr Fehlen auf jedem Reitturnier; kein Vorsingen, keine Prüfung, keine Preisverleihung. Es war, als existierten sie überhaupt nicht außerhalb unserer vier Wände.

Neue Bilder mischten sich in schneller Folge. Mutter, die mich wegschickte, weil meine Probleme kindisch waren; die mich nicht aufklärte, sondern mir eine Packung Kondome, einen Terminzettel für den Frauenarzt und eine Schachtel Tampons in die Hand drückte; wieder Mutter, als sie sich über meine erste Schwärmerei lustig machte, weil sich verlieben albern wäre; noch einmal, als sie mir verbot zur Beerdigung einer Klassenkameradin zu gehen, weil es ihr wichtiger war ins Gericht zu kommen als mich zu fahren; und dann unser letztes Gespräch in der Klinik.

Ich konnte nicht mehr. Mein seelisches Leid bahnte sich mit einem Schlag den Weg in meinen Körper und ergriff ihn mit solcher Macht, dass ich mich vor Schmerzen krümmte und wand. Bunte Farben tanzten vor meinen Augen und die Bilder rasten immer weiter durch meinen Kopf. Eine erbarmungslose Dauerschleife, die mich zerfraß, zersplitterte, zerstörte. Ich musste geschrien haben, denn Sebastian stürzte ins Zimmer.

»Fee, was ist los? Ganz ruhig, ich bin hier. Du bist in der Klinik und dir kann nichts passieren.« Sanft redete er auf mich ein und versuchte, mich zu beruhigen, doch nichts vermochte das Toben in mir zu stoppen. All die zurückgedrängten Erinnerungen von mehr als zehn Jahren verlangten gleichzeitig ihren Tribut. Sie wollten Aufmerksamkeit, sie wollten Beachtung und sie alle wollten es jetzt in diesem Moment, in dem sie ihre Fesseln sprengten.

Ob ich selbst schrie oder ob es nur in meinem Kopf geschah, ich wusste es nicht. Irgendwann ging Sebastian weg und kam mit einem fremden Mann zurück. Ich nahm sie nicht wahr, wie man Menschen wahrnimmt. Sie waren nur eine Erscheinung am Rand meines Sichtfelds und ich verstand nicht, was sie sagten. Sie schienen sich zu unterhalten, doch in meinem Kopf dröhnte es, schrie es. Selbst meine eigenen Gedanken konnte ich nicht mehr hören, nicht mehr erreichen. Diffus und verstreut verbargen sie sich in den letzten Winkeln meines Geistes, um nicht von dem Wahnsinn fortgerissen zu werden.

Waren es Minuten? Waren es Stunden? Ich wusste es nicht. Irgendwann schließlich näherte sich der Fremde mit einer Spritze. Den Stich in meinen Oberschenkel spürte ich nicht, doch in meinem Kopf wurde es leiser. Dann versank die Welt in Dunkelheit.

42. Kapitel - Markus

Was für ein Tag! Ich war immer noch vollkommen geflasht von Fee‘s Gesang. Kein Wunder, dass sie einen Auftritt bekommen sollte. Es war reine Verschwendung von Talent, sie nicht singen zu lassen. Obwohl ich jahrelang diverse Gesangsausbildungen durchlaufen hatte und sicherlich nicht ganz unbegabt war, an ihre Stimme würde ich nie heranreichen, wenn sie erst einmal anfing mehr daraus zu machen.

Vielleicht konnte ich ihr genau diese Chance geben. Schneller traten meine Füße in die Pedale, meine Gitarre war auf dem Rücken festgezurrt. Gleich trafen Jörn, Manuel, Alex und ich uns zur Bandprobe. Einen Plan hatte ich mir bereits zurechtgelegt. Jetzt galt es nur noch, sie davon zu überzeugen.

Das dürfte allerdings ziemlich schwierig

werden, denn wenn es ein Credo gab, dass wir immer hochgehalten hatten, dann war es, keine Mädchen in der Band. Klar, unsere Freundinnen kamen mit zu den Proben, sie halfen uns hinter der Bühne und waren gern gesehene Groupies, die den anderen Mädels vorschwärmten, damit mehr Leute angelockt wurden. Mitmachen war jedoch nie eine Option gewesen.

Etwas außer Puste erreichte ich das Haus von Jörns Eltern. Sie hatten einen kleinen Hof etwas außerhalb der Stadt und ließen uns dort proben. Es war ideal, denn ohne Nachbarn gab es kaum jemanden, den man stören konnte. Seine Eltern an sich waren mega lässig und bekamen von unseren Proben meist wenig mit. Sie drehten einfach ihre Musik laut und feierten ihre eigene Party. In all den Jahren hatte es noch nie ein Problem gegeben, obwohl wir vor manchen Auftritten bis spät in die Nacht übten. Die einzigen Nachteile stellten der Feldweg, der im Herbst und im Winter oft nur eine lange Matschpfütze war und der Wind, der über die offenen Felder fegte und mich fast vom Rad holte, dar. Ich würde wohl bald aufs Auto umsteigen müssen.

Die anderen Jungs waren schon da und auch Jörns Freundin Silke war, wie meistens, bei den Proben dabei. Die beiden waren bereits so lange zusammen, dass ich mir die Band gar nicht mehr ohne sie vorstellen konnte. Vor allem, da sie liebend gern nähte. Sie ließ sich ständig etwas einfallen, änderte unsere Kleidung, bastelte für besondere Gigs ausgefallene Kostüme und sorgte damit für den letzten Schliff bei unseren Auftritten. Vor zwei Jahren hatten wir einen Bandcontest gewonnen und ihre Outfits gaben den Ausschlag. Der Wettbewerb war auf Halloween gefallen. Während die anderen Bands ihre normalen Klamotten und etwas Schminke benutzt hatten, saß sie bereits Monate zuvor ständig vor Videos und Bildern vom Mera Luna Festival. Sie holte sich Unmengen an Inspiration und motzte unsere Kleidung so auf, dass wir direkt dort hätten spielen können.

Es war ihr Verdienst gewesen, dass wir das Rennen machten, denn gesanglich lagen wir mit einer anderen Band gleichauf. Doch unsere Hingabe und Leidenschaft hatte man zusätzlich belohnt. Eigentlich war es ihr Sieg gewesen.

»Abend Jungs, habe ich was verpasst?«, fragte ich, kaum, dass ich das Zimmer betreten hatte. Die anderen schienen bereits länger zusammenzusitzen und hitzig zu diskutieren. Etwas stimmte nicht.

»Hey Markus, schön, dass du dich mal wieder blicken lässt.« Manuels Stimme klang genervt. »Hast du was Besseres gefunden oder warum hast du letzten Samstag nicht abgesagt?«

Oh Shit. Vor lauter Schlangen und Zettelchen hatte ich die Bandprobe total vergessen und auch die Woche über, hatte ich mich mit keinem Wort entschuldigt.

»Sorry Jungs, ich musste eine Freundin im Krankenhaus besuchen. Irgendwie waren eh die ganzen Ferien komisch und ich bin voll neben der Spur. Ich habs total verrafft«, gab ich zerknirscht zu.

»Aber, ich könnte nie etwas Besseres finden als euch und das wisst ihr«, fügte ich hinzu und hoffte, dass sie auf mein Friedensangebot eingingen.

»Na schön«, brummte Alex, zog jedoch weiterhin einen beleidigten Flunsch.

»Wollen wir mal über das Konzert in der Schule reden?«, versuchte ich, das Thema in eine andere Richtung zu lenken. Wenn ich meine Idee anbrachte, stand zwar sicher der nächste Streit ins Haus, aber das ließ sich nicht vermeiden.

»Das ist doch erst in sechs Wochen. Vor den Weihnachtsferien, und der Direktor hätte immer noch am liebsten, dass wir in Santakostümen spielen.« Jörn wirkte sichtlich genervt. »Können wir nicht einfach ein paar Songs proben und abhängen?«

Schnell schüttelte ich den Kopf.

»Ich habe da eine geniale Idee und wollte wissen, ob ihr mitmacht. Wir könnten damit etwas Gutes tun und gleichzeitig locker die halbe Schule vor den Kopf stoßen. Wie klingt das?«Innerlich musste ich lachen. Es war schon fast zu einfach ihre Aufmerksamkeit zu gewinnen.

Hatten sie gerade noch desinteressiert vor sich hingestarrt, so richteten sie nun alle Blicke auf mich. Wenn es darum ging, den Leuten von unserer Schule eins reinzuwürgen, waren sie immer gerne dabei.

»Na los, erzähl, worum geht es?«

»Wir wollten doch mal einen Song von *Linkin Park* ins Programm aufnehmen«, wagte ich den Vorstoß und erntete zustimmendes Nicken.

»Was wäre, wenn ich jemanden gefunden hätte, dessen bloße Anwesenheit auf der Bühne, gerade die Leute, die wir nicht leiden können, vor Wut kochen lässt? Und wenn dieser jemand dazu noch fantastisch singt?« Bewusst blieb ich etwas wage, denn ich wollte sie erst vom Gesamtpaket überzeugen, ehe ich das kleine Detail ‚Frau' ins Spiel brachte.

»Das wäre absolut cool, nur wer soll das sein? Dieser Zwerg aus der Achten, der immer alle verpfeift? Oder Johann, der alte Streber, der so

hinterm Mond lebt, dass er nicht mal wüsste, was Sache ist, wenn ein Mädel nackt vor ihm steht?«
Natürlich, Alex unser Skeptiker. Nur nichts zusagen, so lange nicht alle Fakten auf dem Tisch lagen.
Erst mein zweiter Gedanke galt den Worten, die er da benutzt hatte. Und diese brachten mich kurz aus dem Konzept. Wann waren wir eigentlich so geworden? Wann hatten wir angefangen, so herablassend über Leute zu reden statt mit ihnen? Waren wir besser als unsere Klassenkameraden, nur weil wir die Leute nicht direkt angriffen?

Wohl kaum. Das musste aufhören. Fee‘s Beispiel hatte mir sehr eindringlich gezeigt, wie schnell so etwas außer Kontrolle geraten konnte.

»Passt auf Jungs, ich möchte nicht, dass ihr so über den Achtklässler, Johann oder sonst jemanden redet. Stattdessen sollten wir uns auf der Feier lieber gegen Mobbing stark machen. Das Mädchen, das ich gerne bei unserem Auftritt dabei hätte ...«
Weiter kam ich nicht. Aufgeregt redeten die drei durcheinander:

»Mädchen?«, »Auftritt?«, »Mund verbieten«, »Spinnt wohl«, »Verliert den Verstand«.

»Leute, Leute, beruhigt euch. Hört mir doch erstmal zu. Was ich euch jetzt sage, darf niemand erfahren. Ihr müsst das schwören.

Hochheiliges Bandehrenwort. Auch du, Silke«, verlangte ich und zumindest für diesen Moment brachte die Geheimniskrämerei wieder ein wenig Ruhe hinein. Alle schworen ohne zu zögern und ich wusste, dass Fee‘s Geheimnis in guten Händen war. Unser Bandehrenwort galt wirklich etwas. Was als alberne Kinderei angefangen hatte, war im Laufe der Zeit zu einem Ehrenkodex geworden, mit dem wir manche Sache ausstanden.

Wer sein Wort brach, flog aus der Band und wir sprachen nie wieder mit ihm. Bis jetzt hatte dieses Schicksal nur unseren ehemaligen Bassisten ereilt, der herumerzählt hatte, dass mein Bruder Sven abgestürzt und obdachlos war.Ich atmete noch einmal tief durch, dann erzählte ich weiter. »Ihr kennt vielleicht dieses Mädchen, das immer in Gothickleidern herumläuft, aus dem Jahr unter uns? Felicitas bzw. Fee. Sie ist erst dieses Jahr an die Schule gewechselt und Theresa und ihre Clique haben sie ziemlich auf dem Kieker. Viele andere machen mit.« Erwartungsvoll wartete ich eine Reaktion ab, doch die Jungs schüttelten die Köpfe. Es war Silke, die das Schweigen brach.

»Sie ist in meiner Klasse. Eigentlich sieht sie ja sehr nett aus und ich wollte sie gerne kennenlernen, aber als der Mist mit Theresa anfing, hat sie total zugemacht. Nach den Ferien ist sie gar nicht mehr aufgetaucht.« Verlegen zwirbelte sie ihre langen knallpinken Haare mit dem Finger. Sie war nicht der Typ, der allzu oft etwas sagte und wenn, dann ganz bestimmt nicht, während einer Bandbesprechung.

Ich nickte. »Genau die. Wusstet ihr, dass sie unglaublich singen kann? Mit ein bisschen Übung singt sie mich locker an die Wand, und zwar querbeet bei allem. Wenn wir nicht gerade *Aetherian* oder *Slayer* aufführen wollen, wäre sie eine absolute Traumbesetzung. Allerdings möchte ich sie nur für den einen Song von *Linkin Park* auf die Bühne holen, denn sie weiß noch gar nichts von ihrem Glück. Ich wollte erst euer Okay.« Abwartend blickte ich in die Runde.

»Ähm, jetzt mal halblang. Seit wann hängst du mit einer Tussi ab und singst mit ihr Duette?
Und seit wann kennst du die größten Loser der Schule?«

Noch ehe ich so recht wusste, was ich tat, ging ich auf Manuel los und packte ihn am Kragen. »Pass auf, Freundchen, Fee ist kein Loser, sondern tausendmal besser als wir alle zusammen. Also Vorsicht, was du sagst«. Ich ließ ihn wieder los, gab ihm aber noch einen Schubs mit, der ihn nach hinten in den Sitz des Sofas drückte. Dann begann ich zu erzählen.

43. Kapitel – Fee

Verwirrt rieb ich mir die Augen. Wie lange war ich weggewesen? Zitternd krabbelte ich aus dem Bett. Was war denn los? Verschwommen konnte ich mich an meinen Zusammenbruch erinnern. In meinem Kopf war es ruhiger geworden, doch die nächste Panikwelle rollte bereits heran und auf ihr trieb der unsägliche Elefant.

Warum eigentlich ein Elefant? Dieses Bild hatte im Laufe der Jahre ein Eigenleben entwickelt. Als ich jünger war, konnte ich nicht benennen, was genau ich fühlte. Doch meine Oma hatte damals begriffen, worum es grob ging und hatte mir geholfen, dem Ganzen Bilder zuzuordnen, damit ich meine Gefühle beschreiben konnte. Ging es mir gut, saß ein Vöglein auf meiner Schulter, fühlte ich

Beklemmung, dann lag ein Hund auf meiner Brust. Je größer sie wurde, desto größer wurde auch der Hund. Bekam ich Panik, hatten wir den Elefanten als Symbol ausgesucht. Obwohl ich wusste, dass es ihn nicht wirklich gab, so sah ich stets vor meinem inneren Auge einen Elefanten auf mich zurennen, wenn die nächste Panikattacke ins Haus stand. Das Vöglein und die Hunde verschwanden im Lauf der Zeit und ich benannte die Gefühle selbst, doch Bruno war geblieben.

Wie bescheuert, diesem Sinnbild meiner Panik auch noch einen Namen zu geben, aber es hatte geholfen. »Bruno kommt!« Mehr musste ich nicht sagen, dann wusste Oma bereits Bescheid und wir versuchten, ihn wieder zu verjagen. Oma war vor ein paar Monaten gestorben, Bruno aber blieb weiterhin.

Inzwischen war ich fast am Stationszimmer angelangt. Ich wollte wissen, was los war, wollte, dass Sebastian mir alles erzählte. Mein Gang war mittlerweile gefährlich schwankend geworden, ich musste mich abstützen, damit ich nicht stürzte.

Was auch immer man mir gegeben hatte, es schlug mir auf den Kreislauf. Die wenigen Schritte zur Tür torkelte ich. Dann näherte sich auf einmal der Boden rasend schnell, wirbelte um mich herum, über mich, unter mich. Mit einem lauten Poltern kippte ich geradewegs in die geöffnete Tür, direkt vor ein Paar Gesundheitslatschen.

Als ich das nächste Mal meine Augen öffnete, stand die Sonne hoch am Himmel. Ein dumpfes Pochen in meinem Hinterkopf erinnerte mich an den Vorfall des gestrigen Abends. Vorsichtig tastete ich mit der Hand nach der Stelle, an der ich eine Beule vermutete, fühlte allerdings nur einen dicken Verband. Langsam richtete ich mich auf und wartete, bis der Schmerz etwas nachließ. Dann kletterte ich aus dem Bett. Ich musste dringend mal für kleine Mädchen, ganz gleich, ob ich nun aufstehen durfte oder nicht.

Wenig später fiel mein Blick in den Spiegel und ich erschrak. Ursprünglich hatte ich mir nur schnell die Haare etwas machen wollen, doch dieses Schreckgespenst, das mir aus dem Glas entgegen starrte, kannte ich nicht. Strähnig und zottelig hingen die Überreste meiner Frisur unter dem Verband heraus und fielen auf ein Gesicht, das von tiefschwarzen Augenringen geprägt war. Unnatürlich leuchteten sie aus einer bleichen Totenmaske hervor und verliehen ihr einen grusligen Eindruck. Schneeweiße Lippen, nur durchbrochen von einer blutigen Stelle, rundeten das Gesamtbild ab.

Das sollte ich sein? - Ganz sicher nicht!

Ich schloss die Augen und kniff mir kräftig in den Arm. Autsch, verfluchter Mist, tat das weh. Langsam hob ich die Lider, doch leider keine Veränderung in Sicht. Je länger ich mich betrachtete, desto müder und ausgebrannter fühlte ich mich. Meinen Plan, den diensthabenden Pfleger aufzusuchen und mich über den Vortag aufklären zu lassen, verwarf ich und krabbelte lieber zurück ins Bett. Meine Probleme liefen nicht davon und ich war nicht scharf darauf, schon wieder mit dem Boden Bekanntschaft zu machen. Kaum hatte mein Kopf die Laken berührt, fiel ich in einen unruhigen Schlaf.

Im wilden Galopp flog ich über die Felder, näherte mich einer Weide, einem Stall. Plötzlich veränderte sich das Bild. Ich stand in einer Box, putzte Blue und kuschelte mit ihm. Ein warmes Gefühl von Geborgenheit und Liebe verband mich mit diesem Tier. Lautes Knallen aus der Boxengasse ließ mich zusammenfahren. Leder durchschnitt immer und immer wieder die Luft. Unruhig begannen die Pferde zu wiehern.

Blue fing an zu tänzeln und mich fröstelte auf einmal. Lydia und Peter. Jedes Mal, wenn ich auf die beiden traf, gab es nur Ärger. Sie verstanden nicht, dass man nicht schlecht war, wenn man die Dinge anders tat. Dass Reiten auch Spaß und Lebensfreude sein konnte, dass Pferde Partner waren und Leistung nicht alles. Ein klackerndes Geräusch entstand, als einer der beiden die Gerte über die Gitterstäbe zog. Die Unruhe im Stall vergrößerte sich zusehends. Das Gespann war auf Terror aus und es war auf dem Weg zu mir. Ich spürte es und konnte mir denken wieso. Sie hatten ihre Drohung wahrgemacht. Bevor ich an Flucht auch nur denken konnte, erschien Lydias Gestalt in der Boxentür.

»Guten Tag, du Hohlbrot. Na ja, für dich wird er nicht ganz so schön sein, für uns dafür umso mehr«, begrüßte sie mich mit einem fiesen Grinsen. Hinter ihr lachte Peter gehässig.

»Na los jetzt, Lydi, sag's ihr. Wenn nicht, tu ich es.«

»Dass du immer so drängeln musst«, zischte diese.

»Ich spanne die Leute eben gerne auf die Folter. Aber gut, da du es so eilig hast ...« Ihr eiskalter Blick traf meine Augen und mir gefror förmlich das Blut in den Adern.

»Du bist raus. Pack deine Sachen und scher dich vom Hof. Tanja wird jeden Moment kommen und dir offiziell Hausverbot erteilen. Deine Geländeritte schaden den Pferden und dein verweichlichtes

Training zerstört ihre Turnierleistungen. Unsere Tiere sollen siegen und nicht faul sein.« Dann machte sie einen Schritt vorwärts, packte Blue, der heftig mit dem Kopf schlug, am Zügel und zerrte ihn aus der Box. Ich sank ins Stroh und die Bilder um mich herum verblassten.

»Fee«, jemand schüttelte mich am Arm. »Fee, wach auf. Alles ist gut. Du hast nur schlecht geträumt.«

Langsam holte mich Markus‘ Stimme aus meinem Albtraum zurück. Mein Gesicht war nass und von Tränen verklebt. »Was machst du denn hier?«, fragte ich verwirrt.

»Wir hatten doch ausgemacht, dass ich dich besuche. Es ist Sonntagnachmittag.« Ehrliche Besorgnis schwang in seiner Stimme mit.

»Geht es dir nicht gut? Soll ich Gerlinde holen?«

Ich schüttelte den Kopf. »Schon okay«, krächzte ich und sah mich nach einem Glas Wasser um. Irgendwo hatte ich doch gestern Abend eines hingestellt.

»Sag mal, warum hast du eigentlich einen Verband um den Kopf?«

»Ach, das ist nichts. Ich bin nur hingefallen und habe mich gestoßen«, wiegelte ich ab.

Mit hochgezogener Augenbraue musterte er mich. Zum Glück ließ er es auf sich beruhen und wechselte das Thema. »Magst du von deinem Traum erzählen?«

»Weißt du, früher bin ich geritten. Aber meine sanften Methoden haben vielen dort nicht gepasst. Peter und Lydia, die Kinder eines erfolgreichen Turnierreiters hatten mich ziemlich auf dem Kieker. Irgendwann schafften sie es sogar, dass die Besitzerin mich vom Hof warf. Angeblich, weil meine Methoden die Tiere verweichlicht haben. Aber wohl eher, weil sie auf kurz oder lang immer alles getan hat, was diese Schnösel wollten. Sie waren eben ihre beste Einnahmequelle. Trotzdem quälen mich heute noch Albträume, wenn ich daran denke, dass ich mich nie von Blue verabschieden konnte. Ich hatte ewig eine Reitbeteiligung an ihm und habe mich täglich um ihn gekümmert. Er war wie mein eigenes Pferd und auf einmal war alles vorbei«, erzählte ich.

»Bist du danach wieder geritten?«

»Nein. Ich habe mir einige Ställe angeschaut, aber jedes Pferd hat mich nur an Blue erinnert und daran, wie sehr ich ihn vermisse. Eines Tages finde ich bestimmt einen Weg, ihn zu kaufen. Solange brauche ich kein anderes Pferd.«

Er wirkte bedrückt. »Darf ich dich mal umarmen?«

Verwundert sah ich ihn an. »Klar. Was ist denn los?

Du hast doch bisher nie gefragt.«

»Ja, und das war im Nachhinein betrachtet falsch. Gestern hatte ich eine Auseinandersetzung zum Thema Respekt mit meinen Bandkollegen. Dabei ist mir aufgefallen, dass ich dir selbst auch keinen entgegenbringe, wenn ich dich umarme, anfasse und küsse, wie es mir gerade gefällt. Es ist ja nicht so, dass wir uns schon ewig kennen oder ein Pärchen wären.« Er wirkte ehrlich zerknirscht und drückte mich schnell, um seine Verlegenheit zu überspielen.

Um sowas machte er sich Gedanken? Lächelnd erwiderte ich die Umarmung. Er war ja so verdammt süß.

44. Kapitel - Markus

»Sag mal, kennst du eigentlich Silke?«, versuchte ich etwas später, das Gespräch Richtung Band zu schubsen.

Fee‘s Stirn legte sich für einen Moment in Falten. »Meinst du das Mädchen mit den pinken Haaren? Kennen wäre übertrieben. Wir haben zusammen Unterricht. Am Anfang hat sie ein paar Mal ‚Hallo‘ gesagt. Jedenfalls gehört sie nicht zu Theresas Clique und lässt mich in Ruhe. Warum fragst du?«

»Sie ist die Freundin von einem der Jungs. Vielleicht hast du ja mal Lust sie kennenzulernen. Ich glaube, sie würde sich freuen.«

»Du glaubst was? Was hast du denen denn erzählt? Arme kleine Gruftitussi sucht Freunde, wer erbarmt sich, oder was?«

Nachdem ihr Gesicht zuerst kalkweiß geworden war, leuchtete es nun rot vor Zorn. Das hatte ich wohl wieder versaut.

»Nein, so war das nicht. Ich gebe zu, wir haben über dich gesprochen, aber nicht so, wie du denkst. Lass mich doch mal erzählen. Zum Ausflippen hast du nachher noch genug Gelegenheit. Gib mir wenigstens fünf Minuten.«

Ich konnte sehen, wie sie mit sich rang, doch schließlich willigte sie ein. »Also schön. Fünf Minuten. Keine mehr. Ich setze mich hierhin und halte so lange meinen Mund, aber wehe, du hast Scheiße gebaut.«

Drohend funkelte sie mich an, ehe sie sich einfach auf den Fußboden gleiten ließ. Das Prinzip der Erdung schien bei ihr gut aufzugehen. Sie wurde ruhiger und entspannte ein wenig.

»Vier Minuten fünfundvierzig«, hörte ich sie sagen. Schnell begann ich von dem Weihnachtskonzert in der Schule zu erzählen, unserer Idee Linkin Park ins Programm zu nehmen und uns gegen Mobbing stark zu machen.

Genervt unterbrach sie mich. »Du hast jetzt noch ungefähr eine Minute, um mir zu sagen, was das alles mit mir zu tun hat. Komm mal auf den Punkt!«

Diese Seite von ihr kannte ich noch nicht,

allerdings hatte ich auch keine Zeit mir darüber jetzt Gedanken zu machen. »Also pass auf. Du hast gestern so mega genial gesungen, ich will dich unbedingt bei dem Konzert dabei haben.« Ich hob den Finger zu einer Geste des Schweigens, als sie mir ins Wort fallen wollte und fuhr rasch fort.

»Nicht für das ganze Konzert. Nur für ein Lied. Du bist so gut und würdest *Chester* alle Ehre machen. Glaub mir, meine Jungs sind fast ausgeflippt, als ich ihnen erzählt habe, was ich plane, und das nicht gerade vor Freude. Doch letztlich habe ich sie überzeugt. Zum einen, weil es die halbe Schule ärgern würde, wenn du mit uns auf der Bühne stehst, aber zum anderen, weil es keine bessere Flagfigur für dieses Konzert gibt. Natürlich müssen wir erst mit Herrn Maier reden und dir muss es auch noch um einiges besser gehen, aber es wäre so schön.« Hastig schnappte ich nach Luft. Ich hatte so schnell und viel geredet, dass ich vergessen hatte, zwischendurch Atem zu holen.

»Verfluchte Scheiße, was glaubst du eigentlich, wer du bist?« Fee war aufgesprungen und gebärdete sich wie eine Furie.

»Du hattest es mir versprochen. War ja klar, dass das nur heiße Luft war. Raus hier, aber sofort!«

45. Kapitel – Fee

Kaum hatte ich Markus zur Tür hinaus bugsiert, warf ich mich schluchzend aufs Bett. Es war jedes Mal das Gleiche. Schenkte ich jemandem Vertrauen und öffnete ihm mein Herz, enttäuschte er mich. Ich wusste nicht, was ich falsch machte, doch ich glaubte fest an Karma. Für alles, was mir widerfuhr, gab es einen Grund. Für irgendetwas musste ich büßen. Jede andere Möglichkeit schloss ich entschieden aus. Ich konnte den Gedanken nicht ertragen, dass ich nichts getan hatte und das Schicksal einfach nur ein grausames Spiel mit mir trieb.

Leise klopfte es an der Zimmertür. Dann steckte Schwester Gerlinde den Kopf hindurch.

»Darf ich reinkommen?«

»Hat Markus Sie geschickt? In diesem Fall können Sie gleich draußen bleiben«, blockte ich ab.

»Ja, aber er hat nicht gesagt, was zwischen euch vorgefallen ist. Nur, dass ich bitte nach dir sehen soll, weil er sich Sorgen macht. Danach ist er gegangen.«

Natürlich war sie derweil trotzdem eingetreten und hatte sich auf einen der Stühle gesetzt. Es wäre ja auch zu schön, wenn nur einer meine Wünsche respektieren würde.

»Sie sehen, ich lebe noch, aus dem Fenster springen kann ich nicht, die sind verschlossen und vergittert. Die Station kann ich auch nicht verlassen, ohne Sie zu fragen. Also besteht überhaupt keine Gefahr. Könnten Sie jetzt gehen?« Mittlerweile war ich hochgradig gereizt und mein Kopf am Platzen.

Stirnrunzelnd betrachtete Gerlinde mich.

»Nein. So habe ich dich die ganze Zeit nicht erlebt, Fee. Aber so wie du gerade drauf bist, kann ich dich nicht einfach allein lassen. Du bist hier, damit wir dir helfen. Jetzt lass es auch zu und erzähl mir, was dich so wütend macht.«

»Lassen Sie mich dann in Ruhe?«

»Wenn du das später immer noch möchtest, ja.«

»Wissen Sie, es ist so lächerlich. Erst verhindert er meinen Selbstmord, dann küsst er mich und manipuliert mich mit seiner eigenen rührseligen Geschichte, um mich hierher zu locken und nun sowas«, sprudelte es aus mir heraus. »Wer weiß, ob er sich den ganzen Quatsch mit seiner Mutter nicht nur ausgedacht hat, damit ich Mitleid mit ihm bekomme und mich in die Klapse stecken lasse.« Ich redete mich förmlich in Rage.

»Und was bringt mir der Scheiß? Ich hocke hier, mache alles, was mir gesagt wird, und es nutzt rein gar nichts. Kaum geht's mir besser, passiert der nächste Mist und es ist viel schlimmer als vorher. Gestern zum Beispiel, erst hatten wir total Spaß, dann habe ich an etwas Trauriges gedacht und schon hat mich irgendwer bewusstlos gespritzt, weil mich all der Mist mit meiner Mutter wahnsinnig gemacht hat. Wohlgemerkt der Mist, den ich eigentlich längst abgehakt hatte. Und jetzt sagen Sie mir, verdammt nochmal, was mir das hier überhaupt bringen soll?«

Vor Wut schnaubend, hatte ich mich inzwischen vor der Schwester aufgebaut und starrte sie grimmig an.

»Setz dich erstmal, Fee. Ich erklär dir alles. Aber glaub mir, du bist auf einem guten Weg.«

Auf welchem guten Weg bitte? Die Alte hatte ja wohl einen Knall! Widerwillig setzte ich mich, jedoch ganz bewusst ans andere Ende des Zimmers auf den Fußboden. Sie sollte meine Ablehnung ruhig spüren.

»Weißt du Fee, mit der Therapie ist es schwierig. Man neigt dazu, Probleme hinunterzuschlucken, zu verharmlosen und kleinste Schritte schon als riesige Erfolge auszulegen. Die ersten Rückschläge, weil man nicht sofort funktioniert, wie man es gerne hätte, fühlen sich an wie das Ende der Welt. Man hält sich für einen Versager, für unfähig und möchte aufgeben. Dabei sind es gerade diese Rückschläge, die einen weiterbringen. Gestern hattest du einen Zusammenbruch, alte Wunden wurden aufgerissen, von denen du dachtest, sie wären längst verheilt. Doch wenn du ehrlich bist, hast du die Probleme nur verdrängt und nicht gelöst. Darum konnten sie dich in dieser Härte treffen. Aber jetzt, wo diese Wunden offen liegen, die Konflikte wieder präsent sind, jetzt können wir damit arbeiten. Ich will dich nicht anlügen. Es wird nicht der letzte Zusammenbruch gewesen sein, aber jeder davon bringt dich deinem Ziel ein Stückchen näher. Auch wenn es sich nicht so anfühlt.«

Mit jedem ihrer Worte war die Wut in mir ein wenig mehr verraucht und die Kraft aus mir gewichen. Nun sammelten sich Tränen in meinen Augen und ich unterdrückte krampfhaft ein Schluchzen.

»Lass es raus, Mädchen, es bringt doch nichts, wenn du wieder alles in dich hineinfrisst.« Ihre

Stimme klang so sanft, so weich. Das erste Mal seit dem Tod meiner Großmutter hatte ich das Gefühl nicht mehr allein zu sein. Langsam kam die Schwester herüber und ich rutschte ein wenig zur Seite, damit sie sich neben mich setzen konnte. Ich lehnte meinen Kopf an ihre Schulter, dann vergoss ich all die Tränen, die ich schon so lange zurückgehalten hatte. Es waren heiße Tränen der Trauer um meine Großmutter, die ich so sehr vermisste. Aber auch Tränen der Wut, weil sie mich einfach verlassen hatte. Ich war nun ganz allein. Niemand war mehr für mich da, wenn es mir schlecht ging. Niemand kochte mir einen Kakao, wenn ich Liebeskummer hatte und niemand machte mir warme Wickel, wenn ich krank war.

Meine Oma hatte stets versucht, mir das zu geben, was meine Mutter mir verweigerte. Liebe, Wärme und einen sicheren Hafen. Ich hatte mit ihr über vieles sprechen können, das meine Eltern nicht interessierte. Erst in den letzten Jahren, als sie immer kränker wurde und schließlich den Kampf gegen den Krebs verlor, war mein Beutel mit Zetteln immer weiter gewachsen.

Und ganz zuletzt kamen die Schuldgefühle.

Wie oft hatte meine Oma gesagt, Fee, gib mir die Hände? Ich möchte nicht, dass Dunkelheit in deinem Leben ist. Wie oft war es mir danach besser

gegangen, weil alle die schrecklichen Dinge verflogen waren? Doch dann wurde sie krank.
Die Dunkelheit, der Krebs, hatte sich in ihren Körper gefressen, ihn gequält und zerstört. Und in dem Moment, als ich mir eingestand, dass ich mich und meine Dunkelheit verantwortlich für ihren Tod machte, brach in mir die zweite Mauer.

46. Kapitel - Markus

Warum zur Hölle war alles so kompliziert? Warum war Fee so kompliziert? Ich hatte mich ja darauf eingestellt, dass es nicht einfach werden würde, aber dass sie mich gleich rausschmiss, hatte ich nicht erwartet. Was sollte ich denn nun den anderen erzählen?

Nachdem ich sie mühsam von dem gemeinsamen Auftritt überzeugt hatte, hatten sie sich am Ende wirklich gefreut und Pläne geschmiedet. Silke kreierte vermutlich schon wie eine Verrückte Fee‘s Bühnenoutfit. Sechs Wochen waren ja nicht viel, und wir Jungs brauchten bestimmt auch neue Klamotten, obwohl es nur ein Auftritt in unserer Schule war. Für Silke galt diese Ausrede nicht. Wenn wir sie bremsen wollten, fragte sie immer nur, ob wir uns sicher sein konnten, dass niemand ein Video im Netz posten würde, das sich wie ein Lauffeuer verbreitet. Dass dies eine Fangfrage war, hatten wir Jungs schnell begriffen. Sagten wir ‚Nein', war es nur logisch, dass unsere Outfits perfekt sein mussten; sagten wir aber ‚Ja', dann zog sie den Sinn unseres Auftritts und der ganzen Band in Zweifel. Irgendwann hatten wir aufgegeben und ließen ihr freie Hand. Mädchen eben, mit denen sollte man nicht streiten.

Mädchen? Ja, natürlich. Hastig zog ich mein Handy aus der Tasche und wählte Jörns Nummer. Als abgenommen wurde, wartete ich gar nicht, bis sich jemand meldete.

»Hey Jörn, ist Silke bei dir? Wenn nicht, dann schick mal ihre Nummer rüber. Ist echt wichtig, Junge.«

»Ähm ... ja, hi Markus«, kam auf einmal Silkes Stimme aus dem Handy.

»Jörn ist grad draußen. Was ist denn los?«

»Können wir uns treffen? Ich brauch mal den Rat eines coolen Mädchens, aber ohne dass die anderen daneben sitzen und sich das Maul zerreißen. Geht das?«

Stille. Kein Rauschen, kein Knacken, nichts.

»Silke? Bist du noch da?«

»Ja, entschuldige. Muss das sofort sein? Ich glaube nicht, dass Jörn allzu begeistert ist, wenn ich jetzt abrausche. Wir wollten nachher zusammen ins

Kino.« Für lange Erklärungen fehlte mir gerade echt die Zeit. »Pass auf. Ich hol dich in fünfzehn Minuten mit dem Auto ab und bring dich nachher rechtzeitig in deinen Film. Du lässt dir bitte derweil etwas einfallen, warum du unbedingt noch einmal nach Hause musst. Ich würde dich nicht darum bitten, wenn es nicht super dringend wäre. Es geht quasi um Leben und Tod«, flehte ich sie an.

»Na schön, aber wehe, wir kommen nicht pünktlich«, gab sich Silke geschlagen und legte auf. Mädchen!

Zwölf Minuten später hatte ich bereits den Feldweg erreicht, der zu Jörns Elternhaus führte. Silke kam mir winkend entgegen, riss die Beifahrertür auf und ließ sich auf den Sitz fallen.

»Los, dreh um. Ich hab jetzt echt keine Lust, Jörn das hier auch noch zu erklären. Er wundert sich eh schon, warum ich meiner Mutter an einem Sonntagabend unbedingt etwas vom Speicher holen muss. Aber etwas Besseres ist mir nicht eingefallen.« Ihre Atmung ging stoßweise, sie war die fünfhundert Meter gerannt, um mich abzupassen.

»Was gibts denn so dringendes, dass die Jungs auf keinen Fall wissen dürfen?«

»Fee«, fing ich an. »Sie will nicht beim Auftritt mitsingen. Statt sich zu freuen, hat sie mich einfach rausgeworfen, weil ich es euch erzählt habe. Selbst das Ehrenwort, das ihr gegeben habt, war ihr vollkommen egal.«

Silke starrte mich mit aufgerissenen Augen an.

»Das hast du nicht getan? Sag bitte, dass du das nicht getan hast!«

»Was genau habe ich nicht getan?«, fragte ich irritiert. Mussten Mädchen immer in Rätseln sprechen?

»Du hast uns erzählt, dass du mit ihr gesungen hast. Danach hast du zuerst die Jungs gefragt und ihr das brühwarm auf die Nase gebunden.

Es ist ja okay, wenn du dir erst die Erlaubnis der anderen einholen willst, aber du kannst ihr doch nicht einfach offen sagen, dass du sie übergangen hast. Wie sieht denn das aus? Also mal ehrlich. Du lieferst sie in die Psychiatrie ein, besuchst sie, um mit ihr zu singen und machst dann hinter ihrem Rücken einen Auftritt für sie klar. Kein Wunder, dass sie dich zum Teufel jagt. Ich hätte es an ihrer Stelle genauso gemacht. Sie muss sich total ausgenutzt von dir fühlen.«

Silke steigerte sich immer mehr in ihre Worte hinein, während ich zunehmend blasser wurde. War es das, was Fee fühlte? Jetzt ergab langsam alles einen Sinn.

»Das hab ich ja mal schön versaut. Wie kann ich

das denn wieder richten? Ich mag sie schließlich.«

Der letzte Satz rutschte mir heraus, noch ehe ich darüber nachdenken konnte. »Also so als Kumpel, eben wie dich«, schob ich schnell nach, aber es war zu spät. Silke wurde bereits von einem heftigen Lachkrampf geschüttelt. »Ja ne, ist klar. Als Kumpel. Und ich bin der Weihnachtsmann. Oder doch lieber der Osterhase? Wenn du nicht bis über beide Ohren in sie verknallt bist, mach ich bei eurem nächsten Gig die Pausengestaltung im Entenkostüm.«

Mein Kopf wurde langsam heiß und ich spürte, wie mir das Blut in die Wangen schoss.

»Ist das so offensichtlich? Ich meine, ich bin mir da nicht so sicher. Ich mag sie, aber es ist anders als bei meinen Exfreundinnen. Mit denen war ich immer zusammen, weil sie mich um ein Date gebeten hatten, hübsch waren und wir gut auskamen. Gefühle waren da nicht im Spiel. Glaubst du wirklich, dass ich verliebt bin?«

Meine Fragen mussten sich anhören wie die eines kleinen Jungen, doch genauso fühlte ich mich im Augenblick auch.

»Weißt du Markus, wenn du deine Freunde angreifst, weil sie etwas Komisches über ein Mädchen sagen, dass du selbst kaum kennst, dann bist du mehr als nur ein bisschen verliebt.« Diese schlichte Antwort überraschte mich. War das so einfach?

Wir hatten in der Zwischenzeit mein Zuhause erreicht und ich hielt mit quietschenden Reifen auf der Einfahrt.

»Na komm, wir haben nicht viel Zeit, wenn du rechtzeitig in deinen Film willst«, trieb ich Silke an und übersah geflissentlich den genervten Blick meines Vaters, als wir zusammen nach oben gingen.

»Was möchtest du denn jetzt von mir?«, fragte Silke noch einmal.

»Das weiß ich nicht. Ich möchte, dass Fee wieder mit mir redet und wir uns wieder verstehen. Es wäre natürlich toll, wenn sie zu dem Auftritt mitkäme, aber wenn sie nicht will, ist das auch okay. Nur so gründlich wie ich es versaut habe, braucht es wohl ein Wunder, um das alles gerade zu biegen.« Seufzend ließ ich mich aufs Bett fallen. »Du hast nicht zufällig eines parat?«

47. Kapitel – Fee

Noch lange waren Gerlinde und ich am Vorabend zusammengesessen. Ich hatte ihr von Großmutter erzählt, von all den Dingen, die sie für mich getan hatte, von der langen Zeit ihrer Krankheit und von ihrem unglaublichen Lachen. Wenn sie lachte, dann musste man einfach fröhlich sein. Es war so ansteckend, dass es mir selbst nach den bittersten Tränen wieder ein Lächeln entlockt hatte.

Ich hatte aber auch von der nagenden Einsamkeit erzählt. Seit ihrem Tod gab es niemanden mehr, der für mich da war.

Auch die tiefen Schuldgefühle sparte ich nicht aus. Rein wissenschaftlich war es natürlich Unsinn. Niemand konnte Krankheiten durch Berührung von einem Körper in den anderen übertragen, doch es gab so viele Dinge zwischen Himmel und Erde, als der pure Menschenverstand begreifen konnte. Für mich war dies eines davon. Gerlinde hatte mir aufmerksam zugehört und mich schließlich mit einer Frage entlassen, die mich die halbe Nacht wachhielt.

»Fee«, hatte sie gesagt. »Wenn du wirklich daran glaubst, dass deine Oma sich geopfert hat, um die Dunkelheit aus deinem Körper zu holen, glaubst du, sie hätte gewollt, dass du dir deswegen Vorwürfe machst oder dir das Leben nimmst? Wenn sie bereit war für dich zu sterben, solltest du dann nicht ihr zu Ehren dein Leben genießen und glücklich werden?«

Für den Augenblick war ich zu keinem Ergebnis gekommen. Mein Kopf wollte ihr recht geben, doch mein Herz empfand anders. Jetzt aber musste ich mich erst einmal auf den nächsten Termin konzentrieren. Es gab eine hervorragende Sozialpädagogin auf der Station, hatte ich mir von Herrn Maier sagen lassen, und genau bei dieser sollte ich nun vorsprechen.

Das Verhalten meiner Mutter, die man nach meinem Zusammenbruch informiert hatte, beschäftigte das Team. Dass sie alle Verantwortung aufs Personal abwälzte, Universalvollmachten ausstellte und sich standhaft weigerte, sich um mich zu kümmern, hielten nicht wenige für sehr bedenklich.

Ich konnte verstehen, wie es nach außen wirkte. Wer unsere Familie nicht kannte, begriff ihr Verhalten nicht, doch für mich war es normal. Offen gesagt, war ich sogar froh, dass sie nicht zu Besuch kam. Sie würde mir nur wieder Vorwürfe machen und mir meine Unzulänglichkeiten vorhalten. Wenn ich ganz ehrlich mit mir selbst war, dann ging es mir ohne sie besser. Genau darum sollte es heute bei Frau Ziemann gehen.Anfang Dezember stand mein achtzehnter Geburtstag ins Haus und damit eröffneten sich mir vollkommen neue Möglichkeiten, die ich unbedingt abklären wollte.

Schon als mir die junge Frau mit den braunen Locken ihre Bürotür öffnete, war sie mir auf Anhieb sympathisch.

»Kommen Sie rein, Fee. Wie geht es Ihnen heute?«, begrüßte sie mich herzlich.

»Guten Tag, Frau Ziemann. Gerade geht es mir nicht so gut, wenn ich das so sagen darf. Ich bin ziemlich aufgeregt«, gestand ich und lächelte entschuldigend.

»Ihnen muss gar nichts leid tun, Fee. Sie machen momentan eine schwere Zeit durch und trotzdem wagen Sie sich an einen Schritt heran, der vielen jungen Menschen, die ihren Abschluss in der Tasche haben und wesentlich älter sind als Sie, schwer fällt.

Sie haben wirklich Mut. Das gefällt mir sehr gut an Ihnen. Aber bitte fühlen Sie sich zu nichts genötigt. Wenn Ihnen ein Angebot zusagt, dann können wir es gerne weiterverfolgen, doch Sie müssen sich für nichts entscheiden und schon gar nicht heute. Lassen Sie sich ruhig Zeit. Ihr Aufenthalt wird sicherlich noch ein paar Wochen dauern, das heißt, wir haben ausreichend Zeit, die optimale Lösung für Sie zu finden und brauchen nichts übers Knie brechen. Einverstanden?«

Und wie ich einverstanden war. Die Stunde mit Frau Ziemann verging wie im Fluge. Es gab so viele Angebote, dass mir am Ende der Kopf schwirrte. Betreute Wohngruppen für junge Erwachsene, auch mit unterstützender Betreuung von psychologisch geschultem Personal, Wohneinrichtungen, wo jeder für sich war, aber dennoch Gemeinschaftsräume und -verpflichtungen bestanden und betreutes Einzelwohnen, mit eigener Wohnung und jemandem, der regelmäßig nach einem sah. Irgendwie klangen diese Sachen alle ganz toll, aber je mehr mir die Sozialpädagogin erzählte, desto sicherer wurde ich, dass ich all das nicht wollte. Keine fremden Menschen um mich herum, niemanden, der sich um mich kümmerte, weil er Geld dafür bekam. Ich hatte schon Eltern, die nur für mich sorgten, weil sie mussten, und ein Zimmer in einem Haus, dass ich mit Leuten bewohnte, die mich dort nicht haben wollten. Beim nächsten Termin würde ich fragen, ob es sich bewerkstelligen ließ, dass ich in eine eigene kleine Wohnung zog, ganz ohne Betreuung. Vielleicht gab es die Möglichkeit, ein paar Zuschüsse zu bekommen, damit ich mein Abitur beenden konnte, und etwas Unterhalt von meinen Eltern. Ich wäre nicht wesentlich öfter allein als bisher, aber die Situation wäre für alle entspannter. Ja, das klang für mich nach einer guten Idee.

48. Kapitel - Markus

Silkes Tipp war Gold wert und nach einem langen Telefonat mit Sebastian und Herrn Maier spielte die Klinik ebenfalls mit. Vielleicht war auch das wieder falsch, denn Fee war wieder einmal die letzte, die alles erfuhr. Doch schließlich brauchte man Komplizen, wenn man jemanden überraschen wollte, und ich war sehr froh, dass ich diese gefunden hatte. Allerdings hatte man mich auch gewarnt, wenn sich herausstellte, dass die Sache schiefging, würde sie sofort abgebrochen. Aber um ehrlich zu sein, war mir das nur recht. Ich hatte wirklich schon genug Unheil angerichtet, mehr musste nicht sein.

Inzwischen saß ich seit Tagen am Schreibtisch, faltete kleine Zettel, die ich mit winzigen Nummern versah und in eine Tupperdose legte.

Gleichzeitig schrieb ich lange Texte auf Papier, verstaute diese in Umschläge und nummerierte auch diese sorgfältig durch. Gleich morgen in aller Früh würde ich in die Klinik fahren und die Sachen abgeben. Danach konnte ich nur noch abwarten und hoffen, dass mein Plan aufging.Um mich abzulenken, fuhr ich am späten Nachmittag zur Sporthalle. Auch, wenn ich mein Training und die Spiele pflichtbewusst absolvierte, so merkte ich doch, dass ich die Mannschaft vernachlässigte. Fee lenkte mich ab und brachte mich dazu, die Dinge mit anderen Augen zu sehen. Ich reflektierte mein eigenes Verhalten, meine Träume und Wünsche, aber nicht alles, was mir dabei bewusst wurde, gefiel mir. Heute traf ich eine Entscheidung, von der ich immer dachte, dass sie eines fernen Tages ein anderer für mich treffen würde, weil ich alt und gebrechlich wurde.

Der Coach und die Jungs sahen mir verwundert entgegen, als ich, immer noch in Jeans und Chucks, das Spielfeld betrat. »Bauer! Es ist ja schön, dass Sie sich zu uns gesellen, aber wir sind doch nicht in der Schule. Erzählen Sie mir nicht, Sie hätten Ihren Turnbeutel vergessen«, polterte unser Trainer. Ein kurzes Schmunzeln zuckte um meine Mundwinkel, dann wurde ich schlagartig ernst.

»Nein, Coach. Ich werde nicht trainieren. Heute

nicht, morgen nicht und überhaupt nie wieder. Die Bambinis leite ich selbstverständlich weiterhin, aber ich selbst höre auf.«

Ungläubige Blicke trafen mich von allen Seiten. Es wurde schlagartig still. Kai fand die Sprache als erster wieder. »Aber Chef, das kannst du doch nicht machen. Wir brauchen dich. Außerdem, warum denn auf einmal? Bis zu den Herbstferien hätte ich mein rechtes Bein darauf verwettet, dass du Basketball liebst.«

»Jungs, ich möchte ehrlich zu euch sein. Ich habe Basketball nie halb so arg gemocht wie euch. Klar, es fühlt sich toll an mit euch zu spielen, zu kämpfen und Siege zu feiern. Natürlich macht es Spaß, neue Taktiken zu erarbeiten, Laufwege zu optimieren oder manchmal auch nur sinnlos zu joggen, um die Ausdauer zu erhöhen. Allerdings ist mir eines klar geworden: Basketball an sich interessiert mich schon lange nicht mehr. Ihr wart mein Grund weiterhin zu trainieren und in der Liga zu kämpfen. Doch wenn ich ehrlich bin, dann sehe ich hier einen Haufen cooler Jungs«, ich zeigte mit dem Finger auf jeden einzelnen von ihnen, »die Basketball lieben und mich. Für mich ist in dieser Mannschaft einfach kein Platz mehr. Als ich jünger war, bescheinigte mir jeder ein gewisses Talent, doch je älter ich wurde, desto weniger war von meinem Können abhängig. Immer häufiger wurde ich auf meine Größe reduziert und immer öfter hieß es nur, dass ich zu klein für diesen Sport sei. Mit euch war das nie ein Problem, aber für mich persönlich habe ich bereits vor einer ganzen Zeit einen Punkt erreicht, an dem ich mich nicht mehr weiterentwickeln kann. Es gibt so viele tolle Dinge auf der Welt und wir haben einfach zu wenig Zeit im Leben. Darum möchte ich meine nicht länger mit etwas verschwenden, dass mich nur halb glücklich macht.«

Für einen Moment sah ich in die bestürzten Gesichter, dann fügte ich hinzu: »Jungs, aber ihr werdet mir echt fehlen. Ihr wisst ja, wo ich wohne. Schaut vorbei, ruft mich an und wenn ihr den Aufstieg klarmacht, komm ich auf jeden Fall und feuer euch an. Und jetzt hört auf so traurig zu schauen. Ich bin weder tot noch aus der Welt, da haben's andere echt schlechter getroffen.« Zuletzt wandte ich mich zum Trainer und holte meine Kapitänsbinde aus der Hosentasche. »Coach, es war mir eine Ehre«, sagte ich feierlich und gab ihm das Stück Stoff zurück.

Den anschließenden Tumult, die Beschimpfungen des Trainers, all das hatte ich mit einem Lächeln ertragen und an meiner Entscheidung festgehalten. Nun, wo ich endlich auf dem Heimweg war, spürte ich in mich hinein.

Gestern noch wäre diese Entscheidung anders ausgefallen, doch heute fühlte sie sich richtig an. Dieser Schritt war schon längst überfällig, aber das hatte ich mir nie eingestehen wollen.
Immerhin hing auch ein Teil meines Status an dem Posten als Spielführer.

Tolle Zusatzaktivitäten sammeln, gute Noten schreiben, Engagement zeigen. Das waren die Dinge gewesen, denen ich, bevor ich Fee kennenlernte, die meiste Bedeutung beigemessen hatte. Jemand sein, jemand werden und meinem Vater vor Augen führen, dass man beides sein konnte, erfolgreich und ein guter Mensch.

Ich hatte genaue Pläne für mein Leben zurechtgelegt, Erfolgsstufen geplant und die Optionen auf der Karriereleiter für Psychologen exakt studiert. Eine gutgehende eigene Praxis, die ihr Klientel unter Stars und Sternchen findet, und als Ausgleich sonntags in die Suppenküche, um den Armen zu helfen.

Wie armselig.

Hilfe musste von Herzen kommen, damit sie echt war. Sie durfte keine sozialen Schranken kennen, sondern musste für die sein, die sie am dringendsten brauchten.

Wie verblendet war ich durchs Leben gelaufen und wie wenig hatte ich begriffen. Erst meine Gefühle für Fee hatten mein Herz geöffnet und mir gezeigt, wie gut sich Hilfe anfühlte, wenn man sie aus tiefster Zuneigung und Überzeugung gab.

49. Kapitel – Fee

Verschlafen rieb ich mir die Augen und stellte den nervigen Piepton des Weckers ab. Schon wieder aufstehen?

Es kam mir vor, als wären erst wenige Minuten vergangen, seit ich mich nach dem Mittagessen hingelegt hatte. Mehr als eine Stunde war es auf keinen Fall gewesen, oder? Ein müdes Blinzeln zum Zifferblatt belehrte mich eines besseren und ich zwang mich aufzustehen. In ein paar Minuten hatte ich wieder ein Psychologengespräch und ich musste mich zumindest noch ein wenig zurechtmachen.

Erschöpft schlurfte ich ins Bad, spritzte mir eine Handvoll Wasser ins Gesicht und bürstete meine Haare. Der Anblick, den mein Spiegelbild mir bot, wurde von Tag zu Tag unerfreulicher. Die dunklen Ringe um meine Augen wuchsen stetig, obwohl ich viel schlief, und auch meine Haut wurde immer bleicher. Ich hatte das Gefühl mehr und mehr zu einem Zombie zu mutieren. Vermutlich verbrauchte mein Körper die ganze Energie, um mein Seelenleben ins Reine zu rücken. Da blieb für Äußerlichkeiten einfach nichts übrig. Achselzuckend wandte ich mich ab. Nachdem ich Markus rausgeworfen hatte, gab es keinen Grund, mich daran zu stören. Besuch bekam ich keinen und meine Mitpatienten interessierten mich nur am Rande. Warum also mehr tun als notwendig?

Kurz darauf ließ ich mich auf dem Boden nieder. Der Platz mit dem Rücken zur Tür war längst mein Stammplatz geworden. Irgendwann hatte Herr Maier einfach zwei Kissen mitgebracht, die wir gegen die Kälte des PVCs nutzten. Diskussionen über Komfort und Belehrungen über den Sinn von Stühlen gab es keine. Es war okay, ich zu sein, und das fühlte sich sehr gut an.

»Guten Tag Fee, wie geht es Ihnen heute?«, begrüßte er mich freundlich und schüttelte mir die Hand.

»Müde«, gab ich zu. »Gott sei Dank, ist bald Wochenende und ich kann mich ein wenig erholen. Dass es hier so anstrengend ist, würden meine Eltern mir nie glauben.«

»Vermissen Sie sie?«, hakte der Psychologe sofort nach. Er reagierte sehr sensibel auf alles, was mit meinen Eltern zu tun hatte, denn sie waren sicher eines meiner größeren Probleme. Allerdings nicht im Moment, denn aktuell war ich schlichtweg erleichtert, dass ich Ruhe vor ihnen hatte. »Nein, überhaupt nicht. Das Gespräch mit Frau Ziemann lief übrigens klasse. Danke, dass Sie mir einen Termin besorgt haben.«

»War etwas für Sie dabei?«

Ich nickte wage.

»Ja, vielleicht. Ob sich das allerdings umsetzen lässt, werde ich erst beim nächsten Mal herausfinden.« Bewusst blockte ich das Thema, so gut es ging, ab, denn mir war klar, dass meine Entscheidung gegen sämtliche Unterstützung nicht gerade großen Anklang finden würde.

»Möchten Sie mir erzählen, was Sie am Wochenende machen werden? Bekommen Sie Besuch?«

Er klapperte die üblichen Fragen des Protokolls ab, bevor wir uns auf das eigentliche Thema der Sitzung konzentrierten, doch aus irgendeinem Grund machten mich diese Floskeln so richtig sauer.

»Himmel, Sie wissen genau, dass ich keinen Besuch bekomme. Dass ich Markus rausgeworfen habe, ist ebenso bekannt wie die Tatsache, dass meine Eltern sicher nicht auftauchen werden. Also werde ich etwas schreiben, ein bisschen malen und vermutlich eine Menge schlafen. Was soll man denn hier auch sonst tun?«, pampte ich ihn generyt an.»Können wir uns jetzt endlich mit meiner Genesung befassen und weniger mit meinem Freizeitprogramm?«

Instinktiv hatte Herr Maier die Arme gehoben und eine besänftigende Geste gemacht.

»Schon gut, Fee, dann kommen wir jetzt wieder zu Ihren Themen. Haben Sie über meinen Vorschlag vom letzten Mal nachgedacht?«

Hastig fischte ich ein paar zerknitterte Blätter aus der Hosentasche und faltete die Kopien, die ich im Internetcafé des Klinikums gezogen hatte, fahrig auseinander. »Habe ich. Hier sind sie.«

Fotos von Theresa und ihrer Clique starrten mir vom Papier aus entgegen. Schnell schloss ich die Augen. Schon allein bei ihrem Anblick, tippte mir Bruno wieder auf die Schulter, bereit sich jederzeit fallen zu lassen.

Herr Maier ließ mir einen kurzen Moment, um mich zu sammeln, dann bat er mich die Augen zu öffnen. »Was empfinden Sie, wenn Sie die Bilder dieser Mädchen ansehen, Fee?«

Mittlerweile begann ich am ganzen Körper zu zittern. »Angst!«, flüsterte ich und meine Stimme wurde rau. Ich zog meine Knie enger an die Brust und schlang die Arme fest darum.

»Angst wovor?«

»Vor den Mädchen. Davor, dass sie mich sehen, davor, was sie sagen und besonders vor dem, was sie tun.« Meine Stimme war so leise, dass ich mich kaum noch selbst verstand. Tränen begannen in meine Augen zu steigen und Bruno setzte die Vorderbeine auf meine Brust. Meine Gedanken wirbelten durcheinander, wurden diffuser, ungreifbarer.

Herrn Maier fiel meine Veränderung sofort auf, denn er sprang auf, trat an mich heran und schnippte mit den Fingern neben meinem Ohr.

»Bleiben Sie hier, Fee, nicht wegdriften. Es gibt keinen Grund zur Panik, niemand ist hier. Sie sind in Sicherheit. Das sind nur Bilder.« Er hatte seine Stimme etwas erhoben, um durch den Nebel zu dringen, der sich immer schneller verdichtete, doch es war bereits zu spät. Meine Arme erschlafften, meine Füße rutschten nach vorne, als sämtliche Körperspannung aus mir wich, und mein Kopf kippte zur Seite. Bruno hatte sich längst wieder auf meinen Körper gelegt und hielt diesen gefangen, sowie der Nebel mich selbst in meinem Kopf gefangen hielt.

Stimmen rauschten vorbei, Wortfetzen jagten einander in schneller Folge, vermischten sich mit einem Wirbelsturm aus Bildern. Bilder von Theresa und ihrer Clique, wie sie mein Pult mit Kunstblut einschmierten und »Mörderin« darauf schrieben. Von abgetrennten Hasenpfoten, toten Vögeln und lebenden Würmern in meinem Rucksack und auf meinem Stuhl. Von dem Tag, als sie mir auf dem Pausenhof einen Kranz Knoblauch über den Kopf stülpten und »Geh zurück in deinen Sarg, du Vamp« brüllten.

Ein anderer Tag, an dem sie vor der ganzen Schule behauptet hatten, dass ich Sarahs Katze geklaut und getötet hätte.

Das Bild, als sie mich nach der Schule mit ihren Freunden abpassten und auf den Friedhof schleiften. Sie fesselten meine Hände mit Handschellen an eine Bank und ließen mich über eine Stunde bei meinen ‚Freunden'. Obwohl ich so laut geschrien hatte, wie ich konnte, hatte mich niemand gehört. Nur der Regen war auf die Gräber und Kieswege und auch auf mich niedergeprasselt.

Es kam mir vor wie eine Ewigkeit, bis jemand zurückkam und die Handschellen aufschloss. Der Schauer hatte mich völlig durchnässt, ich zitterte am ganzen Leib. Angst lähmte mich. Doch all das war nichts, im Vergleich zu dem ‚Scherz', den sie sich am Abend vor meinem Suizidversuch erlaubt hatten.

Es war Halloween gewesen und Theresa hatte mich ganz unschuldig zu ihrer Party eingeladen. Meine Mutter entdeckte die Einladung im Briefkasten und war so begeistert, dass sie mich sogar persönlich dort abgab, als ich nicht wollte. Ich hatte geahnt, dass diese Feier kein gutes Ende nehmen würde, doch Mum hörte mir wie üblich nicht zu. Kaum war ich zur Tür hinein, kündigte Theresa mich auch schon als den Stargast des Abends an und führte mich in den Garten. Bevor ich reagieren konnte, hatten mich zwei ältere Jungs bereits gepackt und hielten mich fest. Die anderen Kids kamen dazu und bildeten einen Kreis um uns. Irgendjemand schubste mich gegen ein Mädchen, das mir ebenfalls einen Stoß versetzte. Aufprall, Stoß, Aufprall, Stoß. So ging es weiter und weiter. Ich presste die Augen zusammen und versuchte ihre Rufe zu überhören. Sie beleidigten mich und immer wieder trafen mich eklige Flüssigkeiten. Es roch nach Bier, Wodka und Cola. Meine Haare klebten am Kopf und der Gestank meiner Kleidung ließ mich würgen. Mein Körper taumelte immer weiter durch den Kreis, bis mir irgendjemand ein Bein stellte. In dem Moment, indem ich auf dem Boden aufschlug, löste sich mein Geist von mir und ich betrachtete die Szene nur noch von oben. Mein schlaffer Körper musste ihnen Angst gemacht haben, denn sie trugen mich schnell auf die Straße. Dort legten sie mich in ein Auto und fuhren mich nach Hause. Statt zu klingeln, luden sie mich einfach in unserem Vorgarten ab und verschwanden.Dort war ich am nächsten Morgen aufgewacht und hatte gewusst, dass die Zeit reif war, meinen Plan in die Tat umzusetzen. Ich wollte nicht mehr leben.

50. Kapitel - Markus

Warum dauerte dieser verfluchte Plan nur so lange. Ich wusste ja, dass es Zeit brauchen würde, um ihn umzusetzen, doch mit jedem Tag, der ohne einen Anruf der Klinik verging, wurde ich nervöser. Warten war so gar nicht mein Ding. Zwar hatte ich eine Menge Geduld, aber sobald es um wichtige Dinge ging, kam mir diese immer abhanden.

Übernächtigt und leicht gereizt betrat ich den Schulhof. Nach dem Nickelback-Konzert gestern Abend war es spät geworden, doch bei den wenigen Gigs in Deutschland konnte ich auf Schule keine Rücksicht nehmen. Die Jungs hatten es richtig gemacht und beschlossen, heute daheimzubleiben, aber diese Option stand mir nicht offen. Obwohl heute nicht einmal Kunst war, musste mein bescheuerter Borneo-Orang-Utan pünktlich zur ersten Pause vor meinem Kunstlehrer stehen, sonst gab es null

Punkte und der Abischnitt war im Eimer. Wobei, wenn ich mir das Tier so ansah, hätte ich es wohl riskieren können. Die Skulptur erinnerte eher an eine Schildkröte mit zu lang geratenen Vorderbeinen als an einen Menschenaffen. Aber egal, nun war es zu spät. Kaum hatte ich die Aula betreten, hörte ich bereits von Weitem Theresas Stimme.

»Schaut euch mal diesen Punk an. Mann Mädchen, wenn du schon auf alternativ machst, speck wenigstens ab. Ist ja peinlich dein Auftritt. Hier einen auf großen Protest gegen die Wohlstandsgesellschaft machen und dann aber fressen, bis man aussieht wie eine Sau kurz vor der Schlachtung.«

Was hatte ich verpasst? Seit wann hatten wir überhaupt einen Punk an der Schule? Schlagartig machte sich eine unbändige Wut in mir breit. Nochmal würde ich das nicht dulden.

Zielstrebig durchquerte ich die Aula, drängelte mich durch die johlende Meute, die sich zum Gaffen um Theresa und ihr Opfer geschart hatte, und erstarrte. Silke stand, von Theresas Clique eingekreist, im Mittelpunkt des Geschehens und kämpfte mit den Tränen. Plötzlich sah ich rot, ließ den Affen fallen und war mit zwei schnellen Schritten bei meiner Ex. Ich packte sie am Arm und wirbelte sie herum.

»Theresa, lass die Scheiße. Es reicht jetzt. Hör endlich auf, die Leute zu schikanieren«, zischte ich sie an und erntete dafür nur höhnisches Gelächter.

»Ach, auf einmal interessiert den Herrn Schulsprecher, was hier so passiert. Komisch, bei der kleinen Gothicschlampe war's dir egal. Also Leute, habt ihr's alle gesehen. Unser feiner Markus erlaubt euch, jeden wie Dreck zu behandeln, außer es betrifft seine Freunde.«

Zustimmendes Gemurmel lief durch die Schülermenge und ich schaffte es nur mit Mühe mich zu beherrschen.

»Pass auf, Theresa, ich sag es dir jetzt noch genau ein Mal. Hör auf mit der Scheiße. Nur, weil du mit deinem eigenen Leben unzufrieden bist, gibt dir das nicht das Recht alle anderen fertigzumachen.« Ihr Lachen verstummte und sie funkelte mich aus eiskalten Augen an.

»Ach, ich bin unzufrieden mit meinem Leben? Und was ist mit dir? Du bist ein emotionaler Krüppel, der sich nur Freundinnen anschafft, damit er ein Alibi hat. Vermutlich bist du ne Schwuchtel. Aber das würdest du niemals zugeben, denn das wäre ja so gar nicht cool«, fauchte sie.

Inzwischen hatte es geklingelt und die ersten Lehrer tauchten auf, um zu sehen, warum ihre

Klassenzimmer leer standen. Wenn ich jetzt meine Wut hinunterschluckte und ruhig blieb, würde sie genau das bekommen, was sie verdient hatte.»Ich bin nicht schwul, aber das steht hier auch nicht zur Debatte. Dieser emotionale Krüppel, wie du mich nennst, hat übrigens das Mädchen von der Brücke geholt, das du fast in den Suizid getrieben hast. Aber ja, vielleicht sollte ich wirklich unzufrieden mit mir sein, denn ich habe keine Ahnung, wie man die Gefühle eines Menschen durch Mobbing solange gezielt zertrampelt, bis sich dieser in den Tod stürzen will.«

Um uns herum war es mittlerweile mucksmäuschenstill geworden. Theresas Überheblichkeit war mit jedem meiner Worte weiter geschrumpft. Nun stand sie vor mir, den Kopf eingezogen, und regte sich nicht. Doch nur Sekunden später hatte sie sich gefangen und brüllte mir ein trotziges »Du lügst!« entgegen.

»Das und alles Weitere klären wir am besten direkt beim Direktor«, erklang die Stimme unseres Biolehrers hinter uns.

»Frau Hahn, Herr Bauer, wenn Sie mich bitte umgehend begleiten würden.« Mit einem strengen Blick in die Runde scheuchte er die restlichen Schüler in ihre Klassen. »Weitergehen. Haben Sie keinen Unterricht? Hier gibt es nichts zu sehen.«

Auch Silke wollte sich verdrücken, doch ich hielt sie am Ärmel fest.

»Bitte, bleib da. Eine bessere Chance wird nicht mehr kommen.«

Sie schüttelte den Kopf, blieb jedoch unschlüssig stehen. Herr Wirt verlor langsam die Geduld.

»Gut, dann kommt Frau Schneider eben mit. Sonst noch jemand oder sollen wir gleich eine Schulversammlung abhalten?«

Wenig später saßen wir zu dritt vor dem großen Pult von Direktor Jung. Theresa hatte das Haupt wieder hoch erhoben und gab die Unschuldige, während Silke vergeblich versuchte, vom Boden verschluckt zu werden.

Mich hingegen zerfraßen die Selbstvorwürfe. Wie dämlich konnte man eigentlich sein? Nicht nur, dass ich meinen Bandkollegen von der Psychiatrie erzählt hatte, nein, ich Trottel war mehr darauf aus gewesen Theresa eins reinzuwürgen, als Fee zu schützen. Jetzt wusste die ganze verdammte Schule über ihren Suizidversuch Bescheid. Das würde sie mir niemals verzeihen, völlig egal, wie gut ihr die Überraschung gefiel, die ich mir mit Silkes Hilfe ausgedacht hatte.

»Meine Herrschaften, was ist hier eigentlich los? Sie sollten in Ihren Klassen sitzen und Unterricht nehmen. Stattdessen muss ich erfahren, dass Sie die halbe Schule in der Aula unterhalten und dabei noch schwerste Vorwürfe gegeneinander erheben. Von Ihnen als Schulsprecher hätte ich wirklich mehr erwartet, Herr Bauer.« Herrn Jungs Blick bohrte sich in mich. »Erklären Sie mir das bitte?«»Ich hätte da ...«, weiter kam Theresa nicht, denn der Direktor schnitt ihr das Wort ab.

»Wenn Sie nicht neuerdings Bauer heißen, warten Sie gefälligst, bis Sie an der Reihe sind.«

51. Kapitel – Fee

Die dritte und letzte Mauer meines Selbstschutzes war mit dem Hervorbrechen der Erinnerungen an Theresa gefallen. Es hatte lange gedauert, bis Herr Maier mich wieder einigermaßen stabilisieren konnte. Zuletzt hatten wir gemeinsam entschieden, dass es besser war, wenn ich ein Schlafmittel nahm, um mich von den Strapazen zu erholen.

Ich hatte fast fünfzehn Stunden geschlafen, doch als ich erwachte, fühlte ich mich noch immer ausgebrannt und zerschunden. Meine Mauern und Masken gab es nicht mehr, nur noch mich. Zerschlagen, mit klaffenden Wunden in der Seele, die sich nicht wieder verschließen ließen. Ich kam mir hilflos vor, verletzlich. Zumindest war heute Samstag und ich musste nicht aufstehen. Mein Frühstück wurde mir zurückgestellt und wenn ich es nicht aß, irgendwann durch das Mittagessen ersetzt. Es gab keinen Grund, das Bett zu verlassen. Wie ein Kind rollte ich mich unter meiner Decke zusammen, schloss die Augen und stellte mir vor, dass ich an einem anderen Ort war. Imagination hatte Anja das genannt. Es gab verschiedene Übungen, doch mir gefiel es am besten in meinem inneren Garten. Dort war es Sommer, ich lag auf der Wiese unter einem Zwetschgenbaum, Gras kitzelte meine nackten Arme und ich schrieb an einer Geschichte. Um mich herum blühten Rosen, ein Kirschbaum trug rote, saftige Früchte und ab und zu setzte sich eine Biene auf die Blumen vor mir im Gras. Ich fühlte mich sicher und geborgen. Großmutter saß auf einer Bank ganz in der Nähe, strickte und ließ sich gelegentlich vorlesen, was ich geschrieben hatte. Sie lobte mich und schenkte mir dieses Lächeln, von dem ein einziges genügte, um meine Welt wieder in Ordnung zu bringen.

Hier war alles leicht. Es ging mir gut und meine Oma war bei mir. All die bösen Gedanken hatte ich ausgesperrt, mich vor ihnen versteckt.

Doch je länger ich mich in dieser Illusion verlor, desto lauter polterten sie gegen meine Barriere. Schließlich sprengten sie die Kuppel, unter der mein Garten verborgen lag und rissen mich fort. So sehr ich mir wünschte, dass es anders sein könnte, die Realität hatte mich wieder. Auf Dauer gab es keinen Ort, an dem man sich vor sich selbst verstecken konnte. Nicht mal in einem selbst.

Gegen Mittag betrat Sebastian das Zimmer. Ich drehte nur langsam meinen Kopf und lächelte ihn erschöpft an. »Darf ich mich zu dir setzen, Fee?«, fragte er vorsichtig. Da mir für Protest ohnehin die Kraft fehlte, nickte ich schwach. Vielleicht war es ja ganz nett, eine Weile nicht allein zu sein.

Der Pfleger zog sich einen Stuhl neben das Bett und ließ sich, die Beine lässig übereinandergeschlagen, nieder.

»Wie geht es dir heute?«

»Schrecklich«, antwortete ich ehrlich.

Er lächelte wissend.

»Trotzdem möchte ich dir gratulieren.«

Meine Gesichtszüge entgleisten mir für einen Moment. Ich hatte mich wohl verhört.

»Schau nicht so. Zugegeben, es hört sich ziemlich schräg an, aber du hast es jetzt geschafft. Auch wenn du dich schrecklich fühlst, man sieht nur noch die reine Fee, die Masken sind gefallen. Wir haben deine Wunden aufgerissen und nun können wir sie versorgen und heilen lassen. Es wird nicht unbedingt schnell gehen oder einfach sein, da möchte ich dir nichts vormachen, aber es wird aufwärts gehen. Manchmal vielleicht auch einen

Schritt zurück, aber immer weiter Richtung Ziel.« Sollte ich mich darüber freuen? Ich wusste es nicht, doch zumindest klang es besser als all die Rückschläge und Zusammenbrüche der letzten Wochen. Dass Therapie nicht einfach war, darauf war ich gefasst gewesen, aber auf das, was ich hier erlebt hatte, konnte man sich nicht vorbereiten. Dennoch war da etwas in mir. Ganz klein nur, wie ein winziger Sprössling, der sich gerade durch Erde schob und vom ersten Sonnenstrahl gekitzelt wurde. Lange hatte ich dieses Gefühl nicht mehr gespürt. Hoffnung.

Meine Mundwinkel zogen sich ein wenig nach oben und Energie durchströmte meinen Körper. Manchmal waren es die winzigsten Dinge, die die größte Wirkung erzielten.

»Hast du nicht Lust aufzustehen? Dein Frühstück ist noch da, aber das Mittagessen kommt auch gleich. Du hast heute also sogar die Wahl, was du lieber möchtest. Fast wie im Restaurant«, frotzelte Sebastian und fügte geheimnisvoll hinzu: »Außerdem hat da noch jemand eine Überraschung für dich. Kommst du mit?«

52. Kapitel - Markus

Die Jungs hatten den kompletten Tag verschlafen und konnten die Geschichte kaum glauben, als Silke und ich abwechselnd berichteten. Nach Jörns anfänglichem Wutanfall, weil Theresa es gewagt hatte seine Freundin anzugehen, mussten wir alles immer wieder erzählen. Besonders den Teil im Zimmer des Direx.

»Jungs, wir haben euch das doch schon zehn Mal vorgekaut. Wollt ihr uns nicht langsam mal glauben?«, brummte ich inzwischen reichlich genervt.

»Nur noch einmal. Dass der Jung so durchgreift. Ich glaub's einfach nicht.« Manuel schüttelte den Kopf.

»Ist okay, ich übernehm diese Runde«, sprang Silke ein.

»Also, wir saßen da im Zimmer vom Direx und

der war echt tierisch sauer. Vor allem auf Markus, weil er ja als Schulsprecher ein gutes Vorbild sein soll. Aber Markus hat das überhaupt nicht beeindruckt. Er hat dem Jung auf den Kopf zugesagt, dass es ruhig jeder mitbekommen kann, dass Mobbing nicht geduldet wird und dass so eine Botschaft wohl mal fünf Minuten Unterrichtszeit wert sei. Der Direx ist ganz blass geworden und hat irgendwas gestammelt von wegen, an seiner Schule gäbe es kein Mobbing. Das wüsste er. Dann hat der Wirt gesagt, dass Markus behauptet hat, irgendeine Schülerin hätte sogar versucht sich das Leben zu nehmen.

Da ist der Jung erstmal voll ausgetickt und hat was von Rufmord, Verleumdung und übler Nachrede gefaselt. Markus hat dann auf jeden Fall erzählt, was Theresa mir alles an den Kopf geworfen hat und anschließend auch noch von Fee. Ich hab das alles bestätigt, und einige andere Schüler haben in ihren Klassen zumindest den Vorfall heute Morgen auch so an den Lehrer weitergegeben. Ich wurde schließlich nicht mehr gebraucht und durfte zurück in die Klasse. Allerdings musste ich Sarah und Leonie schicken, weil Theresa ja nicht allein Mist verzapft hat. Markus hat dem Jung verraten, unter welcher Nummer er vielleicht mit Fee sprechen kann, aber der Direx hat aber nur den

Psychologen erwischt. Der hat etwas von Schweigepflicht erzählt, aber gesagt, dass er Markus' Version nicht widersprechen werde.

Danach ging alles ganz schnell. Die Eltern der drei wurden einbestellt, der Vorfall geschildert und den Schulverweis gab es gleich obendrauf. Um das Ansehen der Schule nicht zu beschmutzen, hat der Jung auf eine Anzeige verzichtet. Allerdings auch gesagt, dass es Fee jederzeit offensteht, die Mädchen doch noch anzuzeigen. In der sechsten Stunde wurde dann eine spontane Schulversammlung in der Turnhalle einberufen. Wir durften uns einen Vortrag darüber anhören, dass man Mobbing auf keinen Fall dulden werde und man immer zu den Lehrkräften kommen könne, wenn so etwas passiert.

Zum Schluß hat der Jung Markus noch nach vorne geholt und ihn vor der ganzen Schule für so viel Zivilcourage gelobt. Na ja, so war das.«

»Mann, da macht man einmal blau und schon geht voll der Fez ab. Das kann ja wohl nicht wahr sein«, jammerte Alex. »Da ist man seit acht Jahren in diesem Saftladen und genau an dem Tag, wo man sich mal eine wohlverdiente Auszeit gönnt, passiert mehr als in den ganzen Jahren, die man in dem Bunker verschwendet hat.« Das war so typisch Alex. Am liebsten mittendrin statt nur dabei.

»Ach komm schon, wenn ihr in die Schule gekommen wärt, dann hätte sich Theresa niemals getraut Silke anzugehen. Dafür haben wir jetzt alle etwas davon. Das muss dir das Opfer doch wert sein«, versuchte ich ihn aufzumuntern. »Ach, hab ich euch eigentlich vom Schulte erzählt?«, fiel es mir wieder ein. Vielleicht konnte ich auch so endlich das Thema wechseln. Wenn wir die Geschichte noch ein einziges Mal erzählen mussten, würde ich anfangen zu schreien.

»Ne, haste nicht. Was war denn mit dem?«

Klar, dass diese Frage von Jörn kommen musste. Er war ein absoluter Fan unseres Kunstlehrers und umgekehrt verhielt es sich genauso.

»Ich musste doch diesen dämlichen Gummi-Orang-Utan basteln für dieses Umweltprojekt an der Schule. Auf jeden Fall hab ich's wie üblich voll versaut. Aber als ich Silke geholfen habe, ist das dumme Vieh mir runtergefallen. Na okay, ich hab's fallen lassen, um die Hände frei zu bekommen, aber egal. Wegen des Gesprächs beim Direx habe ich das Ding natürlich viel zu spät abgegeben, aber ihr wisst ja, wie das funktioniert. Ich brauchte gar nichts zu sagen, der Flurfunk war schneller. Jedenfalls hat er sich das Vieh nicht mal angeschaut, sondern einfach fünfzehn Punkte eingetragen. Als ich fragte, wieso, meinte er, dass er schon von dem kleinen Malheur gehört hätte, aber er mir keine schlechte Note für ein Kunstwerk geben kann, das zerstört wurde, weil der Künstler Zivilcourage bewiesen hat. Das müsse man anerkennen.«

»Du ein Künstler?« Manuel hielt sich den Bauch. »Und ich bin Batman.« Die anderen kugelten sich ebenfalls vor Lachen und ich gab mir Mühe, zumindest halbherzig einzustimmen. Natürlich freute ich mich über den Ausgang, allerdings stand mir der schwerste Teil noch bevor. Ich musste Fee beichten, dass nun die ganze Schule ihr Geheimnis kannte.

53. Kapitel – Fee

Eine Überraschung? Für mich? Das musste ein Fehler sein? Wer sollte denn …? Markus! Hatte ich ihn am Ende doch nicht vergrault? Das wäre zu schön, um wahr zu sein.

Es war inzwischen zwei Wochen her, dass ich ihn rausgeworfen hatte und mit jedem Tag fehlte er mir mehr. Ja, er hatte eine Menge Mist gebaut, aber vielleicht hatte ich auch zu viel von ihm verlangt. Ständig war er bei mir gewesen, hatte seine Pflichten und Freunde vernachlässigt und dann forderte ich obendrein noch von ihm, dass er sie für mich belog.

Sebastian konnte gar nicht so schnell schauen, wie ich aus dem Bett sprang. Aufgeregt durchforstete ich meinen Kleiderschrank und förderte schließlich eine hautenge Jeans und ein

Oberteil mit Netzärmeln zu Tage. Natürlich alles in Schwarz. Optimal war das nicht, aber etwas Passenderes war leider nicht unter den Klamotten, die Markus mir gebracht hatte. Während der Pfleger sich mit einem Schmunzeln zurückzog, stürzte ich ins Bad. Duschen, föhnen, schminken. Nichts davon konnte mir schnell genug gehen. Doch als ich eine halbe Stunde später auf den Gang trat, machte sich Enttäuschung breit. Weder Markus noch sonst irgendjemand war zu entdecken. Nur Sebastian kam mir mit einem Stapel Umschläge entgegen.

»Wow, schick siehst du aus, Fee. Dann bist du ja fast bereit für deine Überraschung. Setz dich hin und iss erstmal was. Danach erfährst du den Rest.« Er grinste geheimnisvoll.

Voller Ungeduld würgte ich ein paar Bissen von meinem Mittagessen hinunter und tigerte anschließend unruhig vor dem Stationszimmer auf und ab.

Wann kam er denn endlich zurück?

Es schien mir fast, als ließe er sich extra viel Zeit, um mich auf die Folter zu spannen. Schließlich bog er doch noch um die Ecke und grinste mich an.

»Na, du kannst es wohl gar nicht erwarten. Hast du etwas gegessen?«

»Ja, natürlich. Wo ist denn nun meine Überraschung? Wer ist es?« Vor Aufregung klang ich wie ein kleines Kind, das im Supermarkt quengelte, weil es unbedingt Schokolade wollte. »Einen Moment.« Er ging an mir vorbei ins Stationszimmer und kam einen Augenblick später mit einer Tupperdose zurück, die er mir reichte.

»Ich soll dir dazu ausrichten, dass die Zettel nummeriert sind und du sie genau in dieser Reihenfolge öffnen sollst. Der Rest würde sich von selbst erklären.«

Enttäuscht sah ich ihn an. »Meine Überraschung ist eine verdammte Schnitzeljagd? Sorry, aber aus dem Alter bin ich raus.« Genervt wollte ich ihm die Dose zurückgeben, doch er wehrte ab.

»Erinnerst du dich noch an die Regeln, die wir zu Beginn festgelegt haben?« Ich nickte langsam. »Eine davon besagt, dass du alles zumindest versuchst, und wenn es sich nicht stimmig für dich anfühlt, reden wir darüber. Du probierst jetzt einfach mal den ersten Zettel aus, und wenn es dir dann nicht gefällt, kommst du wieder. Abgemacht?«

»Na gut«, gab ich mich geschlagen.

Wenig später saß ich in der Teeküche und starrte auf das Papierchen mit der Eins. ‚*Wie alles begann*‘, mehr stand dort nicht. Was sollte ich mit einem solchen Hinweis anfangen? Wie was begann?

Der Schrift nach war es von einem Mann geschrieben worden und außer Markus kam dafür niemand in Frage. Nur, was hatte denn begonnen? Wenn ich an dem Ort suchen sollte, an dem wir uns das erste Mal begegnet waren, wäre es die Schule. Aber das war unrealistisch. Naheliegend wäre auch die Brücke, doch das machte noch weniger Sinn. Die nächsten Gedanken verwarf ich ebenso wieder, da keiner davon einen Sinn ergab. Es musste etwas mit der Klinik zu tun haben, denn ich durfte ja nicht vom Gelände. Außerdem musste es ein Ort sein, an dem etwas begonnen hatte. Das Psychologenzimmer? Die Teeküche? Suchend sah ich mich um. Nein, das war es auch nicht. Irgendetwas übersah ich.

Grübelnd saß ich da und überlegte angestrengt, als es mir plötzlich wie Schuppen von den Augen fiel. Gerlinde sagte immer, jeder Weg beginnt mit dem ersten Schritt und mein erster Schritt war durch die Eingangstür gewesen. Natürlich. Schnell stopfte ich den Zettel in die Hose, schnappte mir die Tupperdose und rannte dorthin. Tatsächlich! Direkt neben der Klingel klebte ein leuchtend roter Umschlag mit meinem Namen. Eilig riss ich ihn ab und öffnete ihn. Wunderschönes Briefpapier kam zum Vorschein. Noch während ich es entfaltete, ließ ich mich auf die Stufen fallen. Ich war so neugierig und wollte keine Zeit verlieren.

Liebe Fee,

ich weiß, dass ich ziemlich viel Mist gebaut habe, dabei wollte ich es doch nur besonders gut machen und dir helfen. Scheinbar ist helfen nicht ganz meine Stärke, aber ich mag dich wirklich sehr.

An dieser Stelle hüpfte mein Herz vor Freude. Er mochte mich.

Es tut mir wirklich leid und ich würde mich sehr freuen, wenn du uns noch eine Chance gibst. Um dir zu zeigen, wie groß mein Vertrauen in dich ist, habe ich mir eine eigene Version des Zettelbeutels ausgedacht. Auf jedem Zettel steht ein Hinweis, wo du den nächsten Brief findest, und in jedem Brief ist eine unerledigte Erinnerung von mir. Wenn du Lust hast, dich darauf einzulassen, wirst du mich am Ende besser kennen als jeder andere vor dir. Außerdem habe ich natürlich eine Überraschung für dich. Schließlich hat man uns schon als Kinder beigebracht, dass es am Ende einer Schnitzeljagd einen Gewinn gibt. Vielleicht lesen wir uns ja im nächsten Brief. Ich würde mich sehr freuen.

Liebe Grüße,
dein Markus

Wow. Damit hatte ich nicht gerechnet. Er hatte sich nicht nur entschuldigt, sondern sich etwas einfallen lassen, dass nicht nur süß war, sondern mir auch noch sein Vertrauen bewies. Ich war sprachlos. Nur, was sollte ich mit einem Gewinn. Wenn ich ihn als Freund zurückgewinnen konnte, dann hatte ich doch schon gewonnen.

Wobei ... Wenn ich ehrlich war, wollte ich ihn nicht als Freund zurück. Auch wenn ich es nicht zugeben wollte, doch seit er mich in seinem Zimmer das erste Mal geküsst hatte, stoben bei jedem Gedanken an ihn hunderte Schmetterlinge wie wild durch meinen Bauch. Ich sehnte mich nach seiner Nähe und hatte mich mehr als einmal beherrschen müssen, ihn selbst nicht einfach zu küssen.

Eins nach dem anderen, Fee, ermahnte ich mich selbst. Jetzt mach erstmal die Schnitzeljagd zu Ende und versöhne dich mit ihm. Danach kannst du immer noch herausfinden, ob er dich auch so sehr mag.

Eilig wühlte ich in der Tupperdose nach dem zweiten Zettel. ‚*Der Ort, an dem alles endete*'. Jetzt, wo ich verstanden hatte, wie die Hinweise funktionierten, war es gar nicht mehr schwierig. Der nächste Brief musste in meinem Zimmer sein. Wobei, dort hatte ich mich den ganzen Tag aufgehalten. Wie sollte er dort hingekommen sein?

Aber natürlich. Ich klatschte mir mit der Hand vor die Stirn. Sebastian.

Selbstverständlich war der Pfleger in alles eingeweiht. Doch egal, wie der Brief letztlich dorthin gekommen war, ich musste ihn haben. Bereits eine Minute später stürmte ich in mein Zimmer. Einige Patienten brüllten mir wüste Beschimpfungen hinterher, weil ich sie fast über den Haufen gerannt hatte, doch das war mir gleichgültig. Schon von der Tür aus, sah ich es rot auf meinem Kopfkissen leuchten. Bäuchlings warf ich mich aufs Bett, zog den Inhalt aus dem Umschlag und las.

Liebe Fee,

es freut mich, dass du hier bist und diesen Brief liest. In einem deiner Zettel ging es ums Vermissen. Du sollst wissen, dass ich auch jemanden vermisse, und zwar meinen Bruder.

Sven ist zehn Jahre älter und nach Moms Tod komplett abgestürzt. Es war für niemanden von uns leicht, doch Sven ist anders als ich. Er konnte das eisige Schweigen, zu dem unser Vater uns zwang, nicht ertragen.

Irgendwann hat er angefangen, Drogen zu nehmen. Erst war es nur harmlos, ein bisschen Gras eben. Aber dann kamen Pillen und härtere Sachen. Statt ihm zu helfen, hat mein Vater ihn kurzer Hand vor die Tür gesetzt.

Alleine hat er den Absprung natürlich erst recht nicht geschafft und eine Junkiekarriere hingelegt wie aus einem überzogenen Aufklärungsfilm. Der Sven, der einmal mein Bruder war, wurde von den Drogen nach und nach ausgelöscht. Zurückgeblieben ist nur seine leere Hülle. Immer auf der Suche nach dem nächsten Schuss, der nächsten Pille.

Vielleicht hast du ihn sogar schon gesehen. Der merkwürdige Typ mit der knallgelben Mütze, der sich immer in der Nähe des Bahnhofs herumtreibt.

Das ist er.

Auch eine schmerzliche Erinnerung an eine Person, die man liebt, ist besser als gar keine.

Dein Markus

Ich ließ das Blatt sinken. Wie krass war das denn? Da warf der eigene Vater seinen Sohn raus, statt ihm zu helfen? Wie konnte man nur so egoistisch sein? Wobei, wenn ich es mir recht überlegte, meine Mutter hätte es nicht anders gemacht.

Während ich den nächsten Zettel aus der Plastikdose nahm, beschloss ich, Markus zu bitten, mir Sven vorzustellen.

54. Kapitel - Markus

Nachdem ich mein Handy alle paar Minuten aus der Hosentasche gezogen und die ganze Band damit wahnsinnig gemacht hatte, kam endlich die erlösende Nachricht.

In fünfundvierzig Minuten fängt Fee an. Der Raum ist offen.

Ich sprang auf, schnappte meine Jacke und stürmte nach draußen. »Sorry Jungs, es geht los.«

»Was geht los?«, rief Manuel mir nach.

»Keine Zeit. Das kann euch Silke erklären«, warf ich über die Schulter zurück, dann war ich bereits zur Haustür hinaus.

Mit einem Sprint erreichte ich das Auto und fuhr mit quietschenden Reifen los. Bevor ich jedoch auf die Hauptstraße abbog, rief ich mich selbst zur Ordnung. Ich raste viel zu unkontrolliert. Gar nicht auszudenken, wenn etwas passieren würde. Du hast genug Zeit eingeplant, es wird alles gut gehen. Kein Grund die Nerven zu verlieren, murmelte ich immer wieder vor mich hin. Nicht, dass es geholfen hätte, aber es erinnerte mich zumindest stetig daran, die Geschwindigkeit im Auge zu behalten und keine sinnlosen Hupkonzerte zu veranstalten.

Auch wenn es sich anfühlte, als hätte es Stunden gedauert, kam ich bereits zwanzig Minuten später auf dem Klinikparkplatz an. Nervös stellte ich den Wagen ab und holte die große Sporttasche vom Rücksitz.

Ob sie sich überhaupt auf die Schnitzeljagd einließ?

Sicher fand sie es kindisch. Immer wieder zog ich mein Handy aus der Tasche und überprüfte, ob neue Nachrichten eingegangen waren. Nichts. Natürlich war das ein gutes Zeichen, denn dann lief alles wie geplant, doch damit rückte auch der Moment der Wahrheit immer näher.

Mir wurde flau im Magen und mein Herz raste. Was, wenn sie meine Gefühle nicht erwiderte?
Noch nie hatte ich selbst ein Mädchen gebeten, meine Freundin zu werden. Was, wenn sie mich abwies? Nein, sie wies mich nicht ab. Bestimmt nicht. Oder doch? Immerhin hatte sie meine vorsichtigen Küsse und meine Nähe nicht abgelehnt. Im Gegenteil. Sie ließ keine Gelegenheit

aus, um mich zu umarmen. Aber sie war auch krank und allein. Wen hätte sie sonst drücken sollen? Ach verdammt, diese Grübelei brachte gar nichts.

Ein lautes Piepsen riss mich schließlich aus dem Gedankenkarussell. *Sie hat die Zettel jetzt.*

Oh Shit! Gleich würde sie den Hinweis bekommen, dass sie direkt hier den ersten Brief abholen sollte und ich stand noch immer vor der Tür.

Schnell huschte ich ins Gebäude und drückte mich gerade rechtzeitig um die Ecke des Kellerabgangs. Direkt hinter mir rannte jemand mit eiligen Schritten vorbei. Am liebsten hätte ich mich zur Tür geschlichen und nachgesehen wie Fee reagierte.

Ich war nie der große Meister im Entschuldigen gewesen und im Schreiben noch weniger. Obwohl Silke mir immer wieder Tipps gegeben hatte, wusste ich selbst, dass die Entschuldigung sehr dünn klang. Doch mir blieb keine Zeit, um ihre Reaktion zu beobachten, sonst gab es am Ende keine Überraschung.

Wenig später öffnete ich leise die Tür zum Musikzimmer und sah mich vorsichtig um.

Fee musste inzwischen den zweiten Brief gefunden haben. Darin stand die Geschichte meines Bruders. Mein Vater verbot sich und mir jeden

Umgang mit Sven, doch er fehlte mir. Früher hatten wir so viel gemeinsam erlebt. Er war immer die Art großer Bruder gewesen, um die einen alle beneideten. Wenn ich Ärger hatte, war er für mich da und bei meinen Schulaufführungen immer der erste Zuschauer. Heute war er ein völlig anderer Mensch. Sein Leben drehte sich nur noch um Geld und den nächsten Schuss. Er konnte niemandem mehr helfen, sondern brauchte selbst dringend Hilfe.

Und in dem Moment, als ich den Brief geschrieben hatte, war mir klar geworden, dass es an mir war, ihm etwas zurückzugeben und ihm diese Hilfe zu besorgen.

Zwischenzeitlich hatte ich die Vorhänge zugezogen, und überall im Raum Teller mit Servietten verteilt.

Ob Fee schon beim dritten Brief angelangt war?

‚Ich bin da, wo die Reste von Markus‘ erster kleiner Panne liegen?‘ stand auf dem Zettel. Dieser Brief lag zwischen ihrem Make-up. Hoffentlich war der Hinweis eindeutig genug.

Der Inhalt selbst hatte mir große Schwierigkeiten bereitet. Ich hätte es viel lieber nie erzählt, doch wenn ich sie wirklich für mich gewinnen wollte, dann musste sie auch die Wahrheit kennen.

Liebe Fee,

du weißt bereits, dass Theresa meine Exfreundin ist. Doch das ist nicht die ganze Wahrheit. Ich habe sie damals nur benutzt, um meinen Status zu festigen. Bevor ich dich kennengelernt habe, war mein Ansehen bei anderen alles für mich. Darum habe ich mich nie gegen Mobbing gestellt. Nicht die Opfer waren es, die mich in meiner sogenannten Karriere unterstützten, sondern die Täter. Wenn man etwas erreichen möchte, beißt man nicht in die Hand, die einen füttert. Wie falsch diese Einstellung war, habe ich spätestens dann begriffen, als mir klar wurde, dass Theresa dich nur auf dem Kieker hat, weil ich sie selbst so schlecht behandelt habe. Sie brauchte irgendjemanden, um sich abzureagieren, und du warst die Neue. Das kam ihr gerade Recht. Ich möchte ihr Verhalten gar nicht entschuldigen, denn es ist nicht entschuldbar. Doch es wäre falsch, dir die Wahrheit zu verschweigen. Bitte glaub mir, wenn ich sage, dass ich es in jeder Sekunde zu tiefst bereue. Niemals hättest du wegen mir so leiden dürfen. Doch nun ist es zu spät. Ich hoffe, du kannst mir irgendwann verzeihen.

Voller Reue,
dein Markus

So wenig Worte es letztlich geworden waren, jedes einzelne davon hatte ich unter Tränen geschrieben. Die Schuldgefühle nagten an mir und allein der erneute Gedanken daran, trieb mir das Wasser in die Augen.

Ich hatte Coolness und Erfolg vor das Wohl der Menschen um mich herum gestellt und es nicht einmal begriffen. Dabei fühlte es sich so viel besser an, einem Menschen zu helfen und ihn zu schützen, als seinen Untergang zu dulden. Das hatte mir die Auseinandersetzung mit Theresa gestern gezeigt. Man konnte nicht Teil einer Gemeinschaft sein oder gar eine Vertrauensposition einnehmen, wenn man sich bewusst dafür entschied, Menschen leiden zu lassen.

Ich sah mich im Raum um. Während meine Gedanken abgeschweift waren, hatte ich auf allen Tellern Kerzen verteilt und entzündet. Als ich gerade mein Handy aus der Hosentasche zog, klopfte es an der Tür. Schnell drückte ich die Playtaste und leise Musik erfüllte den Raum. Ich atmete ein letztes Mal durch, zupfte mein Shirt zurecht und öffnete die Tür.

55. Kapitel – Fee

Den Hinweis auf den Brief zwischen meinen Make-up-Tiegeln hätte ich wohl nie gelöst, wenn mir Mutter Natur nicht zu Hilfe geeilt wäre. Während ich gegrübelt hatte, meldete sich meine Blase und bestand sehr vehement auf einen Abstecher ins Bad. Doch erst beim anschließenden Händewaschen fiel mir der Umschlag ins Auge.

Der Inhalt hatte mich wirklich erschüttert und wütend gemacht. Nicht, weil Markus mir nicht geholfen hatte. Das machte ihn auch nicht schlechter als alle anderen auf dieser Schule. Es war viel mehr die Tatsache, dass er sich selbst eine so große Schuld gab. Wie sehr einen Schuldgefühle zerstören konnten, hatte ich gerade erst am eigenen Leib erfahren.

Natürlich wäre es leicht, auf diesen Zug aufzuspringen und Markus alles in die Schuhe zu schieben, aber davon ging es mir auch nicht besser. Obwohl er lange gezögert hatte, war er für mich da, als ich am dringendsten einen Freund brauchte. Und das war es, was am Ende zählte. Hätte Theresa nicht mich gemobbt, dann einen anderen und wer weiß, wie es ausgegangen wäre.

Schließlich zog ich den letzten Zettel aus der Dose und musste erst einmal lachen. Ich hätte meine rechte Hand verwettet, dass er genau diesen Ort aussuchen würde. Nach einem kurzen Blick in den Spiegel rannte ich los. Das Papier mit dem Hinweis ‚Wo wir am meisten Spaß zusammen hatten', flatterte hinter mir zu Boden.

Schon auf dem Gang zum Musikzimmer konnte ich den Umschlag vor der Tür liegen sehen. Komisch. Hatte der Therapeut abgeschlossen? Unwichtig! Ich musste lesen, was in diesem Brief stand. Und inzwischen wollte ich meine Überraschung unbedingt haben.
Hastig zerriss ich den Umschlag und zerrte den Inhalt auseinander. Schon das Briefpapier war anders. Schwerer. Und es duftete nach Parfüm. Seinem Parfüm.

Liebe Fee,

allein der Gedanke daran, dass du diesen Brief

liest, lässt mich vor Glück weinen. Du hast mich noch nicht aufgegeben. Um ehrlich zu sein, sollte an dieser Stelle kein Brief mehr liegen, doch die Dinge haben sich geändert. Eigentlich solltest du gleich die Tür öffnen und ich wollte dir gestehen, dass ich mich in dich verliebt habe, ...

Für einen Moment setzte mein Herzschlag aus. Er hatte sich in mich verliebt. Am liebsten hätte ich getanzt vor Freude, doch seine Wortwahl löste gleichzeitig eine unbestimmte Angst in mir aus. Hastig las ich weiter.

... aber ich habe etwas schrecklich Dummes getan. Gestern hat Theresa sich ein anderes Opfer gesucht.

Silke. Ich bin dazwischen gegangen und furchtbar wütend geworden. So wütend, dass mir dein Geheimnis herausgerutscht ist. Die ganze Schule weiß nun von deinem Suizidversuch.

Mir wurde schlecht. Die Schrift begann vor meinen Augen zu verschwimmen und am liebsten hätte ich losgeheult. Nur mühsam schaffte ich es, den Brief weiterzulesen. Mein Leben war gelaufen.

Die ganze Sache ist beim Direktor gelandet und der hat Theresa, Sarah und Leonie von der Schule geschmissen. Danach hat er noch einen riesigen Wirbel in der Turnhalle veranstaltet und uns Vorträge gehalten, wie scheiße Mobbing ist. Er will dir sogar vorschlagen, die drei anzuzeigen.
Auch wenn es gut ist, dass du Theresa nie wieder begegnen musst, ich weiß, dass ich es diesmal richtig versaut habe. Eine Entschuldigung wird dieser Sache kaum gerecht und du hast in der letzten Zeit zu viele davon gehört. Dennoch. Es tut mir wahnsinnig leid und ich bin immer noch in dich verliebt. Am liebsten würde ich dich einfach in den Arm nehmen und nie wieder loslassen. Ich möchte dich küssen und den unglaublichen Duft deiner Haare riechen, doch ich verstehe, wenn du mit mir nichts mehr zu tun haben willst. Egal, was du mir zu sagen hast, falls du mir überhaupt etwas zu sagen hast, ich bin im Musikzimmer.

In Liebe,
dein Markus

Wie vom Donner gerührt, sank ich zu Boden. Theresa und ihre Clique waren nicht mehr auf der Schule? Markus hatte sich für Silke und auch für mich eingesetzt? Er hatte versucht, seine Fehler zu korrigieren.

Natürlich half mir das nichts mehr, denn meine Zukunft auf dieser Schule war gelaufen. Aber war das noch wichtig?

Ich hatte längst den Entschluss gefasst, nach der Therapie noch einmal zu wechseln. Wenn ich ohnehin auszog, konnte es auch ruhig eine andere Stadt sein. Doch wollte ich ihm vergeben?

Mein Kopf schrie allein beim Gedanken daran entsetzt auf. Wie sollte ich mit jemandem befreundet oder zusammen sein, der so oft mein Vertrauen missbraucht hatte?

Mein Herz hielt mit aller Gewalt dagegen. Warum solltest du nicht mit jemandem zusammen sein, den du liebst und der so für dich gekämpft hat, auch wenn seine Wege nicht immer die besten waren, ermahnte es mich.

Minutenlang saß ich da und lauschte dem Streit in mir. Schließlich stand ich auf und klopfte an die Tür. Ich hatte meine Entscheidung getroffen.

56. Kapitel - Markus

Zitternd stand ich in der geöffneten Tür und wusste nicht, was ich sagen sollte. Langsam machte ich einen Schritt zur Seite. »Möchtest du vielleicht reinkommen?«

Fee schüttelte den Kopf, trat aber dennoch ein. Ihr Blick huschte kurz durch den Raum und mir war, als hätte ich gesehen, wie ein winziges Lächeln über ihre Mundwinkel huschte. Doch so flüchtig wie es war, konnte ich mich auch getäuscht haben.

»Fee«, setzte ich an. Sie schüttelte nur traurig den Kopf. Ich hatte es versaut. Ja, natürlich. Es war auch irgendwie klar gewesen. Ihr Geheimnis vor der ganzen Schule auszuposaunen, war einfach ein Fehler zuviel. Das konnte ich mir ja selbst nicht verzeihen. Kraftlos sank ich zu Boden, ließ den Kopf hängen. Aus, vorbei.

»Markus?« Sie klang so leise und verletzlich. Am

liebsten hätte ich sie in den Arm genommen und alles Böse der Welt von ihr abgewendet, doch so rutschte ich nur ein wenig zur Seite, als sie sich neben mich setzte.

»Weißt du, dass du es einem verdammt schwer machst dich zu mögen?«, fragte sie und ich blickte auf. Hieß das, dass sie mich noch mochte? War noch nicht alles verloren?

Ich nickte.

»Weißt du, als ich reingekommen bin, da wollte ich nichts anderes, als dir den Teufel und alle Höllenhunde auf den Hals hetzen«, fuhr sie fort. Okay, das klang jetzt weniger gut, doch die Hoffnung hatte sich einen winzigen Raum in meinem Herzen erkämpft und wollte nicht weichen.

»Aber ich kann das nicht. Ich möchte dich hassen, dich beschimpfen und ja, ich wollte dir auch eine runterhauen. Mal wieder. Aber es geht einfach nicht. Sobald ich dich sehe, setzt mein Verstand aus. Dann will ich mich nur noch in deinen Arm kuscheln und nie mehr losgelassen werden.«

Ihre Worte schlugen ein wie Blitz. Mein Herz fing Feuer und brannte, doch gleichzeitig begann eine kleine Eisschicht sich von der anderen Seite auszubreiten. Wie ging es jetzt weiter? Würde sie sich für mich entscheiden?Vorsichtig streckte ich meinen rechten Arm ein Stück nach ihr aus. Gerade so weit, dass sie in meine Umarmung kommen konnte, wenn sie wollte, und doch so wenig, dass sie sich nicht bedrängt fühlen musste. Aber diese Sorge war umsonst. Keinen Wimpernschlag später lagen wir uns in den Armen und hielten uns fest umschlungen.

»Fee, meine liebe Fee«, flüsterte ich. »Ich lasse dich nie wieder los. Versprochen!«

Epilog – Fee

Mit verbundenen Augen stand ich hinter der Bühne. Draußen rockten die Jungs die Aula, während Silke mich in mein Bühnenoutfit einnähte. Sie hatte mir eine große Überraschung versprochen, doch ich sollte sie erst sehen, wenn sie fertig war. Markus hatte mir erzählt, dass sie die letzten Wochen Tag und Nacht daran gearbeitet hatte und es ihr absolutes Meisterwerk war.

Doch bis ich es sehen durfte, musste ich noch einige Songs lang stillhalten. Es war ein eigenartiges Gefühl doch noch hier zu stehen, nachdem ich Markus damals einen so rüden Korb gegeben hatte. Letztlich war es Silke gewesen, die mich überzeugt hatte. Sie besuchte mich, seit ich mit Markus zusammen war, öfter, und wir freundeten uns schnell an. Schade, dass ich ihr nicht früher eine

Chance gegeben hatte.

Die letzten Wochen waren turbulent gewesen und endlich kehrte wieder etwas Ordnung in mein Leben ein. Die Therapie verlief gut, mir ging es viel besser und Mitte Januar werde ich entlassen.

Frau Ziemann hatte es geschafft, für Beo und mich eine kleine Wohnung zu organisieren, in die wir dann direkt einziehen können. Um eine neue Schule musste ich mir auch keine Gedanken machen. Mein ganzes Zimmer lag voll mit Karten, Briefen und Geschenken von meinen Mitschülern. Nachdem Theresa nicht mehr an der Schule war, hatten viele begriffen, wie schrecklich sie sich verhalten hatten und sich bei mir entschuldigt. Ich würde ihnen noch eine Chance geben und genau dort weitermachen, wo ich aufgehört hatte. Nur diesmal hatte ich Freunde an meiner Seite.

Applaus brandete auf und ich hörte, wie die Jungs hinter die Bühne polterten. Pause. Und danach war ich dran.

»Darf ich die Augenbinde abnehmen?«, fragte ich ungeduldig. Ich wollte endlich sehen, was Silke für mich gezaubert hatte.

»Ja, warte, ich helf dir.«

Ich spürte, wie Silke an dem Knoten nestelte und schließlich fiel der Stoff. Markus stieß einen bewundernden Pfiff aus, während ich für einen Moment blinzelte, um mich an das Licht zu gewöhnen. Dann blickte ich an mir hinunter. Was ich sah, trieb mir die Tränen in die Augen. Oh Gott, war das schön.

»Nicht heulen, du ruinierst dein ganzes Make-up. Es reicht, dass wir nachschminken müssen, nochmal neu schaffen wir nicht«, ermahnte mich Silke und reichte mir ein Taschentuch. Gerührt tupfte ich mir damit die Augenwinkel, ehe ich ihr um den Hals fiel.

»Du bist einfach phänomenal. Vielen, vielen Dank.«

»Genug der Rührseligkeiten«, unterbrach uns Alex. »Werdet fertig, die Pause dauert nicht ewig.« Das war wieder einmal typisch. An seine Art musste ich mich wohl noch gewöhnen. Ich setzte mich brav auf einen Stuhl und Silke schminkte mich geschickt zu Ende. Währenddessen erklärte sie mir allerlei komisches Zeug, das ich nicht verstand. Doch ich versprach ihr, dass ich es genau so machen würde, wenn es so weit war. Dann traten die Jungs auch schon wieder auf die Bühne und Markus machte eine Ankündigung, die mir kalte Schauer den Rücken hinunterjagte.

»Liebe Mitschüler, das Thema Mobbing war an unserer Schule in den letzten Wochen ein großes

Thema, das uns alle betrifft. Schneller als wir es selbst manchmal begreifen können, werden wir Opfer, Täter oder Mitläufer. Mobbing ist immer falsch. Mobbing stürzt die Opfer in Depressionen und Depressionen kosten Leben. All den Menschen, die den Kampf gegen ihre Depression verloren haben, möchten wir unser nächstes Lied widmen. Auch der Sänger dieses Songs *Chester Bennington* hat diesen Kampf verloren, doch zuvor hat er jahrelang Millionen Menschen Hoffnung gespendet. Darunter einem Menschen, der den Kampf gegen Mobbing und Depression nur knapp überlebt hat. Diese junge Frau steht heute gemeinsam mit uns für dieses Lied auf der Bühne. Begrüßen wir alle recht herzlich Fee!«

Während draußen die ersten Jubelrufe erklangen, spürte ich, wie Bruno herannahte. »Nein, Bruno«, schrie ich ihm entgegen: »Nein. Dich kann ich jetzt überhaupt nicht brauchen!«

Was dann geschah, werde ich sicher nie vergessen. Bruno blieb stehen, schien für einen Moment verwirrt, doch schließlich hob er den Rüssel, winkte mir zum Abschied und verschwand.

»Fee, verdammt nochmal, was stehst du denn immer noch hier herum? Jetzt geh endlich auf die Bühne, die Jungs fangen gerade mit dem Intro an. Du verpasst noch deinen eigenen Auftritt.«

Sanft schubste mich Silke vorwärts.

Rechtzeitig zu meinem Einsatz betrat ich die Bühne. Als ich die ersten Töne von ‚*Crawling*' in den Saal hinausschickte, ging ein Raunen durch die Schüler. Sie zeigten auf mich. Ob es an meinem Gesang oder an dem wunderschönen schwarzen Ballkleid aus unzähligen, miteinander verarbeiteten, Federboas lag, ich wusste es nicht. Ich ließ mich von einfach der Musik treiben und sang, als ginge es um mein Leben.

Vielleicht ging es auch darum. Es war wie ein Befreiungsschlag und als ich zum Höhepunkt des Songs kam und die reißende Bewegung am Kleid machte, die Silke mir gezeigt hatte, kamen sogar die Jungs für eine Sekunde aus dem Takt. Unter den schwarzen Federn kam ein knappes, weißes Federkleid zum Vorschein. Es war so schön, dass ich für einen Moment vergaß zu singen, ehe ich den Song, noch einmal beflügelt, zu Ende brachte.

Applaus fegte durch die Halle, als Markus mich nach vorne holte und wir uns gemeinsam verbeugten.

»Siehst du«, flüsterte er. »Aus meinem hässlichen Entlein ist ein wunderschöner Schwan geworden. Und alle lieben ihn. Aber ich am meisten.«

Dann zog er mich in seine Arme und die ganze Schule tobte, als wir uns küssten.

Ende

Über die Autorin

Sabrina Schuh wurde 1987 geboren und gehört damit zu Generation Y – der Generation der Möglichkeiten!
Von diesen hat sie gleich eine ganze Handvoll ergriffen. So ist sie nicht nur Fachfrau für das Vermarkten von Büchern und Lektorin diverser Titel, sondern schreibt auch selbst.

Bereits in den letzten Jahren hat sie unter verschiedenen Namen Beiträge in einigen Anthologien und einer Hörapp veröffentlicht. Nun wagt sie 2018 mit der Märchenspinnerei den Schritt Richtung Romanveröffentlichung.

Mit Mann, Kind und Hund lebt sie im schönen Frankenland. Wenn sie sich nicht gerade beruflich mit Büchern befasst, findet man sie im Schwimmbad ... Oder sie liest zum Vergnügen.

Hinter den Kulissen

Es war einmal, vor langer, langer Zeit eine junge Autorin, die unbedingt eine Geschichte über ein hässliches Entlein schreiben wollte. Doch diese junge Autorin arbeitete nicht gerne alleine und konnte sich nur schwer motivieren, dem Entlein ein Gewand zu geben. So kam es, dass sie sich auf die Suche nach Gleichgesinnten begab, um mit ihnen gemeinsam das Abenteuer ‚Buch' zu bestreiten. Es dauerte nicht lange, da fand sie im dichten Daten-Dschungel ein kleines Dorf, ‚Tintenzirkel' genannt. Man war dort wählerisch, doch unsere Autorin hatte Glück. Schon bald durfte sie sich dort niederlassen und mit anderen Schreiberlingen, über Ideen und Projekte diskutieren. Natürlich blieb es nicht aus, dass die Sprache auch auf ein hässliches Entlein kam, das immer noch als Skelett vor sich hindümpelte. Das Kreativdörfchen wäre keines, wenn sich nicht sofort ein paar Verrückte gefunden hätten, die ähnliche Ideen hatten und unsere Autorin einluden, sich ihnen anzuschließen. So kam es, dass sie eine Märchenspinnerin wurde und glücklich schrieb bis ans Ende ihrer Tage. Und wenn sie nicht gestorben ist, dann schreibt sie auch noch heute..., jetzt gerade zum Beispiel diese:

Danksagung

In jedem Buch steckt so viel mehr Schweiß als nur der seines Autors, doch viel zu oft bleiben die wahren Helden, die ein Buch erst möglich gemacht haben, unerkannt. Aus diesem Grund möchte ich mich bei einigen Leuten bedanken, die an diesem Buch unglaublich fleißig im Hintergrund mitgearbeitet haben, um meinen Traum wahr werden zu lassen.

Mein allerherzlichster Dank geht an...

... Sylvia, für einfach alles. Du hast auf den letzten Drücker, trotz Dauerstress, Unmenschliches für dieses Buch vollbracht. Außerdem bist du einfach die tollste Freundin, die man sich vorstellen kann.

... Andrea und Rosi, für dieses wahnsinnige Finish, das ihr trotz akutem Weihnachtsstress, Trubel und zig Terminen hingelegt habt, damit ich alle Deadlines halten kann.

... Anna und Silke, für euren tollen Input von der ersten Minute an, für all die Motivation, das Aufbauen, das Feedback, eure Nerven und eure

Ideen. Mit so tollen Alphalesern wie euch, kann ein Buch nur gelingen.

... Sascha und Markus, für viel mehr als ich hier aufzählen kann. Die Liste würde jeden Rahmen sprengen, doch ohne euch hätte diese Geschichte nie das Happy End finden können, das sie nun hat.

... meinen Mann, für all die Motivation und Unterstützung. Für jedes Brainstorming, das Aushalten meiner Schreiblaunen, deine Hilfe mit der Technik und deine Liebe.

... Marie, für das wundervolle Cover und deine Geduld, wenn ich zum x-ten Mal alles über den Haufen werfen musste.

... Jana, für die bezaubernden Scherenschnitte.

... meine Freunde und meine Familie, dafür, dass ihr immer für mich da seid und mich unterstützt, ganz egal wobei.

... alle, die ich vergessen habe. Irgendwer geht einem immer durch die Lappen, was aber nicht heißt, dass ich eure Arbeit weniger wertschätze.

Zu guter Letzt möchte ich aber besonders euch danken, liebe Leser, denn ihr tragt diese Geschichte in die Welt hinaus und haucht ihr Leben ein. Vielen Dank dafür.

Über Feedback und Rezensionen jeder Art freu ich mich natürlich besonders. Gerne könnt ihr mich persönlich unter *autor@sabrinaschuh.de* kontaktieren.

Bisher erschienen in der Märchenspinnerei:

Band 1 von Sylvia Rieß:
„Der Axolotlkönig“

Band 2 von Barbara Schinko
„Ein Mantel so rot“

Band 3 von Tina Skupin
„Hollerbunn“

Band 4 von Susanne Eisele
„Kein Schnee im Hexenhaus“

Band 5 von Janna Ruth
„Im Bann der zertanzten Schuhe“

Band 6 von Valentina Kramer
„Leuchtendschwarzer Rabenmond“

Band 7 von Anna Holub
„Meerschaum“

Band 8 von Katherina Ushachov
„Zarin Saltan“

Band 9 von Julia Maar
„Der siebte Sohn“

Anthologie 2017, Machandel Verlag
„Es war einmal ... ganz anders“

Band 10 von Mira Lindorm
„Herzenswünsche kommen teuer“

Band 11 von Sabrina Schuh
„Unter schwarzen Federn“

Der
Axolotlkönig
Sylvia Rieß

Barbara Schinko
Ein Mantel
so rot

Holler
brunn
Tina Skupin

Kein Schnee
im Hexenhaus
Susanne Eisele

Janna Ruth
Im Bann der
zertanzten
Schuhe

Valentina Kramer
Leuchtend-
schwarzer
Rabenmond
Märchenspinnerei Band 6

Anna Holub
Meerschaum

Zarin Saltan
Katherina Ushachov

Der siebte Sohn
Julia Maar

Es war einmal...
...ganz anders

Herzenswünsche
kommen teuer
Mira Lindorm
Machandel Verlag

UNTER SCHWARZEN
Federn
Sabrina Schuh